기막힌 선택

이영숙 소설집

채운재 소설선

기막힌 선택

이영숙 소설집

도서출판 채운재

책을 펴내며

소설을 써 내려가는 것보다 이 글을 쓰는 게 왜 더 어려울까요. 처음 출간했던 『별천지』와 다르게 두 번째 소설집 『기막힌 선택』 출간은 설렘보다 두려움이 앞섭니다.

'갯벌 바다' 작품으로 한국소설가협회 2024 신예작가 선정 소식을 들은 순간 가슴이 뛰었습니다. 그 뛰는 가슴으로 한 글자 한 글자 써 내려갔습니다. 고요한 밤이 지나고 여명이 밝아 오는 줄도 모르고 주인공이 되어 눈물을 흘리기도 하고, 분함을 억누르지 못하고 가슴을 치기도 했습니다. 이렇게 만든 8편의 작품을 드디어 내놓게 되었습니다.

포기하지 말라고 끊임없이 응원과 격려를 아끼지 않았던 소설가 한상윤 강사님께, 각 작품의 길을 섬세히 밝혀주신 평론가 이승하 교수님께 마음을 다해 감사드립니다. 늘 묵묵하게 지지해준 남편과 사랑하는 은지, 성민에게 진심으로 고마움을 전합니다. 책 출간을 위해 고생하신 채운재 양상구 대표님 많이 고맙습니다.

이 책을 펼치는 독자 여러분께서 '가족'이라는 질문 앞에 잠시 숨을 고르고 머물 수 있기를 바랍니다.

차례

갯벌 바다

갯벌 바다

아저씨. 아저씨. 물에 빠진 해라는 아저씨를 부르며 구해 달라고 울었다. 물살이 무섭게 밀려왔다. 질퍽질퍽한 갯벌에 점점 빠져들었다. 언니, 언니야, 물이 계속 들어와, 나 무서워, 나 좀 물 밖으로 꺼내줘…… 해라는 바들바들 떨며 소리쳤다. 이마에서 구슬 같은 땀방울이 전신으로 번져 속옷까지 축축하게 스몄다. 자리에서 벌떡 일어났다. 머리맡 스탠드의 핑크색 불빛이 갑자기 무서워졌다. 순간 외로움이 밀물처럼 밀려왔다.

'나는 왜 아직도 어렸을 적에 물에 빠져 죽을 뻔한 공포에서 벗어나지 못하고 이렇게 밤마다 허공을 헤매며 아저씨를 부르고 있을까.'

창밖으로 뽀얗게 동이 터왔다. 소지품과 옷을 챙겨 캐리어에 차곡차곡 넣었다. 욕조에 물을 받아 반신욕을 하였다. 해라는 화장대 앞에 앉아 얼굴을 보았다. 젊은 날에는 제법 곱던 피부였는데, 팔자 주름의 고랑이 깊어지고 있다. 립스틱을 짙게 바르고 검정 원피스에 갈색 코트를 걸쳤다. 해라는 아파트 지하 주차장으로 내려갔다. 엄마는 화사한 색이 어울린다며 아들이 선물해 준 자주색 승용차에 시동을 걸었다. 아들에게 메시지를 보냈다.

—아들아. 엄마 여행 다녀올게.

전남 고흥 쪽으로 핸들을 틀었다. 해라가 살던 고향에서 조금 떨어진 곳에 그 바다가 있다. 밤마다 꿈속에 나타나는 그 바닷가에 갈 작정이다. 아침 햇살이 벌겋게 번져간다. 눈이 부시다. 해라는 고속도로를 달린다. 녹음이 짙었던 산야는 가을답게 나뭇잎들이 붉게 물들었다. 들녘에는 황금물결이 출렁이고 군데군데 밀대 모자를 쓴 허수아비들이 바람에 흔들거린다. 남편과 여행을 떠난다면 얼마나 좋을까. 그는 왜 그렇게 빨리 떠나야만 했을까. 함께한 지난날이 떠오르니 남편이 몹시 보고 싶어진다.

아들이 초등학교 2학년, 따뜻한 봄날이었다. 해라는 전화 한 통을 받았다.

"여기는 경찰서입니다. 김해라 씨인가요?"

"네. 그런데 무슨 일이신데요?"

"장대선 씨가 남편인가요?"

"네. 제 남편입니다."

"현장에서 사고가 났습니다. S병원으로 가보세요."

해라는 하던 일을 멈추고 허겁지겁 택시를 잡아타고 병원으로 갔다. 해라는 남편이 있는 곳으로 뛰어갔다. 하얀 천이 남편을 덮고 있었다. 설마 아니겠지. 해라는 하얀 천을 들쳤다. 분명 남편 얼굴이었다. 하지만 남편은 이미 싸늘한 주검으로 변한 뒤였다. 출근할 때 미소 짓던 모습은 보이지 않았다. 해라는 그 자리에 주저앉아 버렸다. 이 세상에 가족이라고는 어린 아들밖에 없다. 미래를 꿈꾸며 차곡차곡 쌓아둔 당신과의 약속은 어찌하란 말인가. 해라는 미친 듯이 밖으로 뛰어나왔다. 해맑게 떠가는 구름을 붙잡고 묻고 싶었다.

'엄마는 내가 엄마 없이 얼마나 힘들게 살아왔는지 알아? 간신히 좋은 사람 만나 애도 낳고 행복했는데…. 이제는 남편도 없이 살라고?'

부모님과 행복하게 살던 고향길로 접어들었다. 시골 장날, 버스가 비탈진 산언덕에서 굴러버렸다. 해라는 그 사고로 부모님을 잃고 하루아침에 고아가 되었다. 겨우 초등학교 3학년 때 일이다. 그날을 상기하면 가슴이 미어진다. 지금은 사고가 났던 그 언덕길 옆으로 쭉 뻗은 이차선 도로가 생겼다.

남편이 떠나자, 시어머니는 해라 혼자 살기가 버겁겠다며 시골에 내려오지 말라고 하셨다. 시어머니는 제사와 명절은 둘째 아들이 지내도록 했다. 마을에 도착한 해라는 시어머니가 살고 계시는 집으로 향했다. 좁은 골목들이 자동차가 다닐 수 있게 잘 포장되어 있었다. 30가구 정도 되는 마을은 아담하고 포근한 느낌을 주었다. 아버지 땅이 한 뼘이라도 남아있었다면 해라는 고향으로 귀농했으리라. 대문 옆 감나무에는 수줍은 새색시 볼처럼 발갛게 익은 감들이 주렁주렁 매달려있다. 해라는 대문을 밀고 들어갔다. 시어머니는 고구마 줄기를 손질하다 말고 벌떡 일어나 뛰어왔다.

"내 새끼. 어쩐 일이냐?"

"어머니 보고 싶어서 왔어요."

"손자도 잘 있냐?"

"네. 회사 일이 바빠서 함께 못해 죄송하다고 할머니께 전해 달라고 했어요."

해라는 시어머니를, 시어머니는 해라를 꼭 껴안았다. 시어머니의 손등은 햇볕에 까맣게 그을렸고, 손톱도 고구마 줄기에 물들어 거무죽죽했다. 해라는 자동차 트렁크 문을 열고 화장품과 고기를 꺼내 방으로 들어갔다. 시어머니는 시골 어르신 같지 않게 집 정리를 잘하고 사신다. 안방 벽에는 누렇게 변색된 해라 아들 돌 사진과 가족사진이 걸려있다. 사진 속에서 해맑게 웃고 있는 남편이 무척 보고 싶다.

"어머니, 돌사진을 아직까지 벽에 걸어 놓았어요?"

"내가 죽을 때까지 걸려있겠지."

된장국을 끓여서 시어머니와 저녁을 먹었다. 고구마 줄

기를 마저 손질하고 TV를 켰다. 시어머니가 좋아하는 가요무대에서 젊은 가수가 나훈아의 '고향역'을 구성지게 부르고 있다.

"시아버지가 생전에 좋아하셨던 노래구나."

"아버님이 그리우세요?"

"가끔 생각나기도 하드라. 젊은 너는 오죽하겠냐? 더 늦기 전에 좋은 사람 있으면 가거라. 벌써 너 나이가 50이 넘었지?"

"생각해 볼게요."

해라는 건성으로 대답하여 시어머니의 질문을 막았다. 시어머니는 따로 이부자리를 펴 주었다. 해라는 시어머니와 같이 자겠다고 고집을 부렸다. 시어머니는 자리에서 일어나 샤워하고 옷을 갈아입었다. 그리고 로션을 손바닥에 두어 번 탁탁 치더니 얼굴에 문질러 바르고 해라 곁으로 왔다. 시어머니 모습에서 엄마가 사무치게 그리웠다. 부모님이 살아 계실 때 시아버지는 해라 집 머슴이었다. 부모님은 성실하게 일하는 머슴에게 큰 논배미를 주셨다. 그 논배미로 시어머니는 살림을 일구고 사셨다.

"내 새끼. 아버지 땅 팔지 않았으면 부자로 살 텐데. 땅 몽땅 팔아서 부산으로 이사 간 작은아버지는 잘사냐? 나쁜 사람이야. 나쁜 사람이고 말고."

시어머니는 아직도 부모님 땅에 미련이 남아있는지 홍

분을 가라앉히지 못하셨다.

작은아버지는 키도 크고 체격이 좋았다. 아버지와 다르게 배짱도 두둑한 사람이었다. 피부가 까무잡잡하고 건들건들 걸을 때 보면 꼭 깡패 두목같이 무서웠다. 아버지는 술도 좋아하지 않았고 소심한 편이었다. 작은아버지는 술을 즐기셨고 여자를 좋아했다. 작은어머니와 사흘이 멀게 싸울 때면 여자가 단골손님으로 등장했다. 갑작스러운 사고로 부모님 장례를 치르자마자 작은아버지는 해라 집으로 이사했다. 여유롭게 머슴도 두고 살았다. 그 당시 해라는 너무 어려서 작은아버지에게 부모님 재산에 대해 거론할 수 없었다.

고등학교 2학년 초여름 어느 날, 대문으로 들어서다가 마당에서 서성거리던 작은아버지와 마주쳤다. 해라는 가볍게 인사하고 방으로 들어갔다. 옷을 갈아입고 있는데 갑자기 문이 확 열렸다. 작은아버지는 아랑곳하지 않고 후다닥 방으로 들어왔다. 그리고 해라가 벗고 있는 교복을 방구석진 곳으로 던져 버렸다. 해라는 앞가슴을 안고 부들부들 떨었다. 작은아버지는 해라를 안았다. 속옷을 우지직 벗겨버렸다. 작은아버지 손이 앞가슴을 더듬고 입술을 포개려고 하는 순간 해라는 숨을 쉴 수가 없었다. 눈물이 주르르 흘러내렸다. 그 눈물이 작은아버지 손등으로 뚝뚝 떨어졌다.

"내가 그렇게 싫으냐?"

속삭이듯 말하는 목소리에 진저리가 쳐졌다. 막걸리 구린내가 진동했다. 구역질이 났다. 작은아버지는 체념하듯 조카를 한참 노려보다가 밖으로 나가 버렸다. 해라는 먼저 떠나버린 부모님이 원망스러웠다. 그날 이후 작은아버지와 마주치는 일은 거의 없었다. 해라는 고등학교를 졸업하고 서울로 독립할 수 있도록 사촌 언니에게 부탁했다. 이 집에서 해라를 아껴주고 사랑해 준 유일한 사람이다.

몇 달 후, 작은아버지와 언니는 서울 변두리에 방을 얻어 주고 이불과 생필품을 사주었다. 사촌 언니는 더 좋은 방으로 얻어 주지 못해 미안하다며 해라를 꼭 껴안고 눈물을 흘렸다. 사촌 언니는 작은아버지가 해라 부모님 재산을 가로챈 사실을 아는 거 같았다. 두 평 남짓한 방에 누웠다. 퇴색된 벽지로 개미가 열을 지어 지나갔다. 귀 옆으로 흐르는 물줄기가 베개 속으로 스며들었다. 하지만 자유를 찾았다는 설렘도 있었다.

비가 자박자박 내리는 일요일이었다.

"해라야. 해라야."

작은아버지 목소리였다. 부엌문을 사정없이 두들겼다. 가슴이 조이고 다리가 바들바들 떨리는 해라는 망설이다가 문을 열었다. 악취가 코를 자극했다. 부뚜막을 딛고 방으로 들어선 작은아버지가 물었다.

"어떠냐? 시골집보다 좋으냐?"

"아니요. 작은아버지 집이 더 좋아요."

해라는 떨리는 목소리로 마음에도 없는 대답을 했다. 작은아버지가 무서워서 쳐다볼 수 없었다. 작은아버지는 번개처럼 다가와 해라를 끌어안았다.

"부탁이에요. 아버지를 봐서라도 저를 놔 주세요. 제발요."

해라는 죽기밖에 더하겠냐는 배짱이 생겼다.

"차라리 죽이세요. 죽여요. 우리 아버지를 생각하면 어떻게 작은아버지가 이럴 수 있어요."

작은아버지 가슴 속에서 소리치고 발버둥을 쳤지만, 아무런 대답이 없었다. 정적이 흐르더니 작은아버지는 한 손으로 해라를 힘차게 밀쳐 버렸다. 해라는 벽에 부딪히면서 방바닥으로 떨어졌다.

"못된 가시나. 여기서 아버지를 왜 들먹거려? 맥 빠지게. 이런 년을 조카라고 안타까워서 집 사주려고 올라온 내가 병신이지."

작은아버지는 코를 씩씩거리며 방문을 열었다. 작은아버지는 화난 얼굴로 가래침을 부엌 바닥에 내뱉고 앞가슴을 두어 번 툭툭 치고 벼락같이 부엌문을 열고 사라져 버렸다.

이 엄청나고 무서운 사건을 시어머니가 알면 부모님 땅 이야기를 더 할 수 있을까. 이 기막힌 아픔이 해라 가슴속에 돌덩이가 되어 묻혀있다. 이 무거운 돌덩이가 조각조각 부서질 날이 있을까.

—엄마. 지금 어디세요?

아들에게서 메시지가 왔다.

—여행 가는 길에 할머니 집에 왔어. 할머니가 아들 많이 궁금해하신다. 연락드리렴.

세상에 하나뿐인 보물 같은 내 아들. 남편이 가고 20년을 넘게 살면서 단 한 번도 얼굴을 붉힌 적이 없다. 시어머니는 해라 손을 만지작거렸다. 부모님 살아 있으면 공주처럼 곱게 살았을 텐데, 여태 고생하고 있다고 긴 한숨을 쉬었다.

꼬끼오. 꼬끼오. 정겹게 새벽을 알리는 소리에 해라는 눈을 떴다. 밖으로 나와보니 시어머니는 밭에서 수확한 것들을 차곡차곡 박스에 담고 있었다. 해라는 방으로 들어가 미리 준비한 하얀 봉투를 TV 옆에 놓았다. 아침을 먹고 차 시동을 걸었다. 언제나 변함없이 다정다감한 시어머니를 뒤로하고 해라는 갯벌 바다로 향했다. 옛길을 찾아볼 수 없을 만치 도로가 변했고, 갯벌 바다는 평야가 되어 있었다. 이렇게 변해 버리다니. 갯벌 사건이 순식간에 스쳐 갔다.

초등학교 5학년 때 일이다. 산야는 빨간 사과처럼 곱게 물들었다. 아주머니들이 즐비하게 늘어서서 대바구니 들고 썰물 때를 기다려 바다로 나갔다. 해라도 언니를 따랐다. 넓은 바닷가 갯벌에는 여기저기 뛰어다니는 짱뚱어, 슬금슬금 기어다니는 게, 그림을 그리듯 지나가는 고동의 그 모습은 장관이다. 어쩌다 구름이 햇살을 품고 잔잔한 미풍이라도 스치면 정말 시원하다. 아주머니들 곁에서 멀리 떨어져 있지 말라고 언니는 늘 말했다. 그날도 여전히 해라는 짱뚱어도 잡고 빨간 집게를 쫓아다니며 놀았다. 주위에 아무도 없이 혼자 있는지도 몰랐다.

"해라야, 빨리 나와. 물이 들어오고 있어."

저 멀리 바다 갓길에서 언니와 아주머니들이 발을 동동 구르며 소리쳤다. 바닷가 고랑을 보니 물이 넘실거리며 차오른다. 머리부터 발끝까지 뻘로 뒤범벅이 된 해라는 창백해진 얼굴로 푸들푸들 떨었다.

"언니! 언니야! 물이 계속 들어와. 나 무서워. 나 좀 데리고 가."

눈물마저도 멎어버린 애타는 심정을 알았는지, 지나가는 아저씨가 허겁지겁 바다로 뛰어들어 해라를 안고 바다 갓길로 나왔다. 해라는 시퍼렇게 질려서 땅에 쓰러지고, 언니는 눈물 범벅이 된 얼굴로 해라에게 달려왔다. 그 아저씨는 심호흡을 서너 번 하더니, 유유히 사라졌다고 한다. 해라는 바닷물이 차오르던 그 무서운 순간이 뇌리에서 떠나지 않았다. 몸이 불덩이가 되어 학교도 결석했다. 일주일 만에 학교에 간 해라는 수업이 끝나고 마을 친구들에게 바다에서 일어난 무서웠던 이야기를 했다. 해라 말을 듣고 있던 친구 중 한 명이 걸음을 멈추고 해라를 빤히 쳐다봤다.

"며칠 전에 내 짝꿍이 말했어. 밀물이 들어와 바다에서 나오지 못한 여자아이를 아버지가 구해주었다고. 하마터면 큰일 날 뻔했다고. 가족들에게 바다는 늘 조심해야 한다고 몇 번이고 말씀하셨다고 했어."

"정말? 너 짝꿍이 그런 말을 했어?"

다음날 해라는 학교에서 그 친구를 보았다. 그 친구는 친구들에게 가족 이야기하면서 해맑게 미소를 지었다. 부모님을 그리워하며 사는 해라는 아빠 엄마가 있는 친구들이 늘 부러웠다. 그 부러움 때문인지 질투심 때문인지 해라는 그 친구에게 먼저 다가가지 못했다.

30년이 지난 일들이 방금 일어난 사건처럼 생생하게 떠오른다. 해라는 둑방 위에 승용차를 세웠다. 해라가 죽을 뻔했던 갯벌 바다는 매립돼 평야가 되었다. 들녘에는 벼들이 누렇게 물결쳤다. 참새들은 창공을 휘젓고 벼 위를 맴돌다 나뭇가지에 대롱대롱 매달렸다. 조잘대는 소리가 제법 시끄럽다. 해라는 그 아저씨가 사는 마을을 향해 달렸다. 마을에 도착한 해라는 부둣가에 차를 세우고 언덕을 올라갔다. 야산을 등지고 있는 마을은 잘 익은 대추들로 시선을 사로잡았다. '민박'이라는 간판이 눈에 띄었다. 해라는 대문을 밀쳤다.

"방 있어요?"

"우리 집은 온돌방이에요."

"좋아요. 집 앞에 차 세워도 되나요?"

꼬마 아이가 아주머니 등에서 내려와 고개를 끄덕인다. 차를 가지러 부둣가로 다시 내려가는 길을 꼬마 아이가 걷고 뛰면서 앞장선다. 해라는 차 조수석에 그 아이를 앉혔다.

"이름이 뭐야?"

"재미."

묻기도 전에 손가락 네 개를 꼼지락거리면서 펴 보인다.

"재미, 네 살이야?"

고개를 위아래로 흔든다. 대문 앞에 차를 세우고 근처 슈퍼로 갔다. 재미가 좋아하는 아이스크림과 과자 몇 개를 샀다.

"며칠이나 있을 거요?"

"하룻밤만 신세 좀 질게요."

아주머니는 방을 안내해 주었다. 나무로 된 옷걸이가 방 구석에 서 있고, 이불이 잘 정돈되어 있다. 오랫동안 방을 사용하지 않았는지 창틀에는 먼지가 쌓였다. 캐리어를 놓고 창문을 활짝 열어 환기를 시켰다. 헤라 가슴속도 시원하게 정화되었다. 둑방 기준으로 오른쪽은 붉은 태양에 물든 황금물결이 출렁이고 왼쪽 바다는 흰 물보라가 피어오른다. 해라는 바다를 향해 '좋다! 좋아!' 소리쳤다. 꼼지락거리는 소리에 뒤돌아보니 재미가 아이스크림을 흘리며 먹고 있었다. 머리카락을 양 갈래로 묶은 재미 눈동자는 유난히 까맣고 반짝였다. 인형처럼 예뻤다. 순간 해라는 재미가 내 딸이었으면 좋겠다는 생각이 들었다.

"아주머니, 재미 데리고 바닷가 구경 다녀와도 될까요?"

"할무니, 재미 갈 거야."

재미가 먼저 신발을 신고 나섰다. 아주머니는 재미에게 손님 힘들게 하지 말라고 눈짓했다. 해라는 재미 손을 잡고 선창 밑 좁은 길을 걸었다. 잔잔하게 일렁이는 파도가 햇빛을 받아 별처럼 반짝인다. 야산으로 올라가는 길섶 옆 조그마한 바위 위에 재미가 앉았다.

"재미야, 엄마는 어디 갔어?"

"엄마, 돈 벌어서 인형 사서 온다고 할무니가 그래."

해라는 재미 옆에 앉았다. 재미는 기다렸다는 듯이 해라 무릎에 누워 슬며시 눈을 감았다. 해라는 잔잔하게 출렁이는 바다를 바라보면서 지나온 날들을 반추했다. 어느덧 해가 지고 붉은 노을이 눈앞에 다가왔다. 해라는 재미 머리카락을 넘겨주었다. 작고 귀여운 손으로 눈을 비비고 일어난 재미는 해라 등 뒤에 섰다. 등으로 얼굴을 파묻는 재미가 귀여웠다. 해라는 재미를 업고 민박집으로 가는 길이 제법 힘들었다. 도착하니 아주머니는 저녁을 준비해 놓고 기다린 모양이다. 생선구이, 호박나물과 김치로 한 상이 차려졌다. 아침을 시어머니 집에서 먹고, 재미랑 빵을 먹었던 게 전부였다. 허기진 해라는 단숨에 밥 두 그릇을 해치웠다. TV를 켰다. 연속극을 보고 9시 뉴스가 끝나도 또 다른 가족은 오지 않았다. 해라는 샤워를 하고 잠자리에 누웠지만, 눈이 말똥말똥했다. 해라는 벌떡 일어나 가디건을 걸치고 밖으로 나와 와상에 앉았다. 뚜르르 뚜르르 귀뚜라미 우는 소리가 유난히 정겹게 들렸다.

"잠이 안 와요?"

"네. 부둣가에 가고 싶은데 무서워서 이렇게 앉아있어요."

"같이 가주면 좋겠는데, 재미가 자다 일어나면 할매를 찾아서."

"재미 엄마는 어디 갔어요?"

"어느 날, 마을 사람들과 게를 잡고 집에 와보니 재미가 얼마나 울었는지 목이 쉬어 있었소. 놀라서 재미를 안고 보니 바닥에 종이 쪼가리가 있었소."

—어머니, 죄송합니다. 재미 부탁드릴게요.

"아들이 고등학교를 졸업하고 놀고 있었소. 마침 서울에서 내려온 이웃집 형에게 사정했소. 내 아들 좀 데리고 올라가 달라고. 내가 딱했는지 아들을 데리고 갑디다. 서울로 올라간 아들은 형이 소개한 공장에 취직했다고 합디다. 2년이 지난 어느 날 직장을 그만두고 여자를 데리고 집으로 왔소. 며칠 동안 말없이 여자와 여기저기 돌아다니더니 아들이 말합디다. 통통배 한 척만 사 달라고. 그러면 이 여자와 결혼하고 마음잡고 살아 보겠다고. 남편도 어부로 살다가 사고로 세상을 떠났는데, 아들이 배를 사 달라고 해서 두려웠소. 그래서 소리치며 싸우고, 또 싸우고. 울면서 달래고 사정도 해보고 전쟁 같은 며칠이 지나도 아들은 끄떡없습디다. 자식 이기는 부모 없다는 말이 그때 이해가 됩디다. 나도 어쩔 수 없습디다. 그동안 근근이 모아두었던 돈과 농협에서 대출받아서 배 한 척을 사주었소. 같이 온 아가씨는 고아라고 합디다. 내 아들을 따라 이 시골까지 내려와 준 것이 기특하고 고마워서 소박하게 결혼식도 해주었소."

아주머니는 지난날들을 회상하는지 한참 동안 말없이 허공만 바라보았다.

"그날도 파도가 잔잔해서 통통배를 타고 아들이 바다에

나갔소. 점심을 먹고 있는데, 갑자기 시커먼 먹구름이 바다 위를 덮치고 비바람이 휘몰아쳤소. 순식간에 어두컴컴한 날씨로 둔갑합디다. 무섭게 돌변한 파도가 사람을 삼켜버릴 것 같았소. 너무 무서웠소. 다음 날, 어제 무슨 일이 있었나 싶을 정도로 하늘에는 해가 뜹디다. 그 무서운 파도는 언제 있었냐는 듯이 사라지고 평화롭고 잔잔한 파도만 출렁입디다. 바다로 뛰어들어 내 아들을 찾고 싶었소."

아주머니에게 이런 기막힌 사연이 있을 줄이야. 시간은 돌덩이를 가슴에 묻고 사는 아주머니 마음도 알지 못하고 흘러간다. 밤이 소리 없이 깊어간다.

"그나저나 손님은 여기를 어떻게 알고 왔소?"

"제 고향이 여기서 가까워요. 30년 만에 찾아왔더니 도로가 잘 정리되어 있고, 갯벌 바다가 드넓은 논으로 변해 있더라고요."

"갯벌 바다를 매립해서 어촌마을 사람들이 부자로 살고 있소."

"저는 30년 전에 갯벌에서 짱뚱어와 고동 잡고 놀다가 밀물이 밀려와 죽을 뻔했어요. 지나가던 이 마을 아저씨가 구해주어서 지금까지 살고 있어요. 요즘 그 아저씨가 꿈에 자꾸 나타나 여기에 와봤어요."

"그런 일이 있었소? 그 아저씨 성이라도 알아요? 내가 이 마을에 세 번째로 들어와서 원주민이나 다름없소. 모르는 집이 없지요."

"그저 아저씨라는 것만 알고 있어요. 아주머니, 재미는 유치원에 다니나요?"

"이 마을에 유치원은 없고, 저 산 밑에 학교만 있어요. 내 나이가 일흔이 훌쩍 넘었소. 저 불쌍한 재미를 학교에 보낼 생각하면 마음이 저려와요. 피붙이는 이 할매밖에 없는데."

아주머니의 무너지는 한숨 소리를 타고 구슬 같은 눈물이 희미한 불빛에 반짝였다. 해라는 방으로 들어왔다. 불을 켜고 창밖을 바라보았다. 밀려오는 파도 소리가 귓가에 맴돌다 사라지곤 했다. 어둠이 싫어서 불을 끄지 않고 잠자리에 누웠다. 새벽을 알리는 닭 울음소리에 눈을 떴다. 세상이 다 변해도 닭 울음소리는 30년 전이나 지금이나 똑같다는 생각에 해라는 입꼬리를 말아 올렸다. 방 앞에서 바스락거리는 소리에 해라는 문을 열었다. 재미가 방으로 들어왔다.

남편은 생전에 경제적 여유가 생기면 배움을 갈구하는 학생들에게 도움을 주면서 살자고 늘 말했다. 해라 역시 그런 삶을 살기를 원했다. 어느새 그 꿈을 이루면서 살 나이가 되었다. 아들도 독립했다. 남은 시간을 재미랑 살고 싶어졌다. 해라는 재미를 안고 세면장으로 갔다. 머리를 감기고 목욕을 시켰다. 재미는 엄마가 보고 싶다고 이슬 같은 눈물을 뚝 떨궜다. 마음이 아팠다. 해라는 재미를 왈칵 껴안았다. 방으로 들어가 머리카락을 양 갈래로 예쁘게 묶어 주었다. 아주머니는 하고 싶은 이야기가 많은지 서운해했다. 아주머니는 생선 말린 것과 나물들을 싸 주었다. 해라는 재미를 안아서 한 바퀴 빙그레 돌아주고 만 원짜리 한 장을 주었다. 해라는 서둘러 차에 올랐다. 마을 골목길을 따라 산 밑에 있는 초등학교를 둘러보았다. 집에 도착할 때까지 재미 모습이 떠나질 않았다. 해라는 전화를 걸었다. 긴 줄을 타고 엄마를 찾는 재미 목소리가 들렸다. 해라는 목이 메어서 살며시 수화기를 놓았다. 해라도 엄마가 사고로 세상을 떠났을 때 엄마 품이 그리워서 몸부림치던 일들이 스쳤다. 재미도 엄마가 그리울 것 같았다.

어느 주말에 아들과 여자친구가 현관으로 들어왔다. 대학 때부터 교제하고 있는데 결혼까지 갈까. 요즘 젊은이들은 만나고 헤어지는 게 자유로워서 크게 신경 쓰지 않았다.

"엄마, 여행은 즐거웠어요? 할머니도 무탈하시지요?"

"응. 할머니가 아들 많이 보고 싶어 하시더라."

해라는 찻잔을 들고 아들을 바라보았다. 재미에 대해 말하고 싶었다.

"아들아, 엄마 노후에 어떻게 살지 생각이 많아. 부모에게 버림받은 아이들에게 도움을 주고 싶어. 아들 생각은 어때?"

"엄마, 아이들과 살고 싶으세요? 제가 결혼하면 봉사하면서 사신다고 하셨잖아요."

"어머니, 어려운 아이들을 돌봐 주는 것은 너무 좋은 일이지요. 배 아파서 낳은 자식은 아니지만, 가슴으로 낳은 자식이라고 생각하면 얼마나 예쁘겠어요. 어머니가 아이들을 돌보면서 사시는 게 행복하시다면 저도 도와 드릴게요."

아들 여자친구가 또박또박 야무지게 말했다. 해라는 의아한 표정으로 아들 여자친구를 바라보았다. '내 아들이 여자 보는 눈이 있구나. 내가 며느리 복이 있나.' 해라는 백합처럼 활짝 웃어 주었다.

"엄마, 쉽게 결정할 문제가 아니니까 시간을 두고 고민해봐요. 저도 생각해 볼게요. 그나저나 갯벌에서 엄마를 구해준 아저씨 마을은 다녀왔어요?"

"그 마을 민박집에서 네 살짜리 재미를 만났어. 여자아이인데 할머니랑 둘이서 살고 있더라. 아버지가 사고로 죽고 엄마는 아이를 버리고 집을 나갔더라고. 내가 그 아이를 돌봐 주면 갯벌 바다에서 엄마를 구해준 아저씨에게 조금이라도 마음의 빚을 갚을 수 있지 않을까?"

해라가 하는 이야기가 무슨 내용인지 궁금해하는 여자친구에게 아들은 갯벌 사건을 자세히 말해 주었다. 아들이 결혼하면 해라도 다니던 직장을 그만둘 생각이다. 외롭게 사는 아주머니와 게도 잡고 고동도 줍고 재미를 학교에 보내고. 대자연을 만끽하면서 살고 싶다.

가을도 지나가고 매서운 겨울이 꼬리를 감출 때 아들 상견례 날짜가 잡혔다. 칙칙하고 무거운 겨울옷들은 거실 한쪽으로 치우고, 흰색 정장을 입고 숄을 걸쳤다. 이대로 봄 여행이라도 떠나고 싶다. 상견례 장소는 조용한 한정식 집이었다. 먼저 도착한 아들과 해라는 의자에 앉아 옷매무새를 매만졌다. 잠시 후 여자친구 가족이 들어왔다.

"어머니 오셨어요? 여기 제 가족을 소개할게요. 아버지, 어머니, 고모 그리고 저입니다. 이 집에서 예쁜 외동딸입니다."

"안녕하세요. 이렇게 시간 내주셔서 감사합니다. 저는 어머니와 단둘이 사는 외동아들입니다. 지방에 계신 할머니는 아쉽게도 참석 못 하셨습니다."

세련된 안사돈, 훤칠한 바깥사돈. 인상이 편안해 보이고 느낌이 좋았다. 아들을 30년 넘게 품고 살다가 새 둥지를 틀어서 내보내는 해라 마음보다 딸을 보내는 어미의 심정은 더 하리라. 해라는 아들이 입대했을 때가 떠올랐다. 2년 동안 떨어져 있어야 한다는 불안함과 서운함으로 입대 전에 부산으로 여행을 갔다. 햇빛에 반짝이는 모래를 밟으며 아들이 해라 손을 꼭 잡았다.

"엄마, 이제 아들도 성인이야. 내 걱정은 그만하고 엄마도 좋은 사람 만나서 행복하게 살았으면 좋겠어. 혼자 너무 외롭잖아."

해라는 아들을 책임져야 한다는 사명감으로 살았다. 외롭고 사무치게 남편이 생각나면 책을 벗 삼아 살았다. 해라는 가장 힘들고 세상을 끝내려고 했을 때 곁을 지켜준 남편을 잊을 수가 없었다.

아카시아 꽃향기가 가슴으로 스며드는 날, 아들이 결혼식을 했다. 폐백이 끝나고 식당으로 갔다. 하객들에게 감사 인사를 하다가 해라는 갑자기 움직일 수가 없었다. 전신이 마네킹처럼 굳어버렸다.

'작은아버지다. 호랑이보다 더 무서운 나쁜 개새끼.'

가슴이 오돌오돌 떨렸다. 옆에 있던 아들이 놀라서 손을 꼭 잡았다. 해라는 심호흡을 하고 간신이 평정심을 유지하고 정신을 차렸다. 아들에게 한 번도 이야기한 적 없는 작은아버지를 소개해야 하나 말아야 하나 망설여졌다. 그때 작은아버지 옆에 있던 사촌 언니가 손을 흔들었다.

"해라야, 여기야. 여기."

"어머, 언니 너무 오랜만이에요. 와줘서 고마워요. 작은아버지, 멀리서 와 주셔서 감사합니다. 아들아, 작은할아버지야. 부산에서 올라오셨구나."

"안녕하세요. 처음 뵙겠습니다. 이렇게 와 주셔서 정말 감사합니다. 행복하게 잘 살겠습니다."

"그래. 축하한다. 해라야, 나 좀 잠깐 보자. 부산에 내려가려면 이제 일어나야겠다."

작은아버지는 식당 밖 모퉁이로 가더니 외투 속 주머니에서 봉투를 꺼내 주었다. 세월은 그 누구도 비켜 가지 않았다. 작은아버지 얼굴은 축 처진 소가죽 같았다. 힘없이 듬성듬성 걸어가는 뒷모습이 영락없은 늙은이였다. 해라는 전혀 측은해 보이지 않았다. '항상 젊을 줄 알았어. 지은 죄가 얼마인데 당연히 추하게 늙어야지. 이 좋은 날 누가 반겨준다고 나타난 거야. 또 무슨 짓을 하려고 왔을까.' 해라 머릿속은 원망과 독기로 가득 찼다. 해라는 봉투를 들고 화장실로 뛰어갔다. 봉투 속에는 통장, 도장 그리고 누렇게 변한 편지 한 장이 있었다.

형님은 아버지 분신이었다. 형은 아버지가 재산도 많이 주었다. 언제나 형과 비교당했다. 그래서 나는 형을 죽이고 싶도록 미워했다. 형이 사고로 죽었을 때, 나는 슬프지 않았다. 아버지에게 받은 형 재산을 모두 내 것으로 만들고 싶었다. 술 취할 때면 조카도 품고 싶었다. 아내가 자궁암 말기로 아픔을 호소하면서 떨리는 목소리로 애원하듯 말하더라. 내 욕심 때문에 이렇게 무서운 병 걸렸다고. 지금이라도 해라 찾아가서 그동안 지은 죄를 사죄하고 빼앗은 형 재산을 돌려주라고 하더라. 고향의 논 한 마지기는 조카 앞으로 등기해 놓았다. 통장에 있는 돈으로 아파트 한 채 사서 살아라. 작은아버지 용서해 달라고 하지 않겠다. 잘 살아라. 미안하다.

해라는 가슴을 치며 하염없이 눈물을 쏟았다. 끔찍했던 지난 일들을 반추하고 싶지 않았다. 간신히 마음을 추스르고 신혼여행 떠나는 아들을 배웅했다. 모든 행사가 끝나자 긴장이 풀려서인지 눈꺼풀이 무거워졌다. 다음 날 해라는 커피를 마시며 통장을 펼쳐 보았다. 서울은 아니라도 경기도권에 아파트 한 채 정도는 살 수 있는 돈이었다. 남편 사고로 받은 보상금도 그대로다. 아들이 새 둥지를 틀 때 주려고 했는데, 며느리가 결혼 선물로 폐물만 원했다. 통장 두 개를 펼쳐 보니 해라는 마음이 들떴다. 재미를 돌보면서 새로운 삶을 시작하고 싶었다. 아들 내외와 충분한 논의가 필요했다. 일주일 후 아들과 며느리가 신혼여행에서 돌아왔다. 해라는 아들 내외에게 작은아버지 이야기하면서 편지와 통장을 보여주었다. 편지를 읽은 아들은 일그러진 얼굴로 한참 동안 말이 없었다.

"이제야 알게 되어서 너무 속상하네요. 한스러운 일들은 마음속에 담아두지 마시고 언제든지 말씀하세요. 들어 줄 수밖에 없지만 그래도 저는 항상 엄마 편이니까요. 엄마가 원하는 새로운 출발을 응원하고 도와드릴게요."

결혼해서 그런가. 아들이 유난히 더 듬직하게 느껴졌다. 해라는 빙긋이 웃었다.

해라는 30년을 넘게 다녔던 직장을 정리하고 재미에게 갔다. 아들 내외도 갯벌 바다가 궁금하다고 내려온다고 했다. 해라는 며느리에게 문자로 주소를 보냈다. 마을로 올라가는데 짧은 반바지를 입고 고양이 그림이 있는 티를 입은 재미가 뛰어와서 해라 가슴으로 덥석 안겼다. 해라는 재미를 안고 빙글빙글 서너 바퀴를 단숨에 돌았다. 아주머니도 반갑게 맞아 주었다. 재미는 좋아서 팔짝팔짝 하늘 높이 뛰었다. 해라는 아주머니와 이런저런 이야기꽃을 피우는데 빨간 승용차 한 대가 집 앞에 멈췄다.

"엄마, 저 꼬마 아이가 재미에요?"

"응. 귀엽지? 내려오느라 고생했어."

"어머니, 말씀하신 갯벌 바다가 여기였어요? 이 마을이 아빠 고향이에요. 이런 우연이 있다니 놀라워요."

"정말? 사돈이 동향 사람이라고?"

"아빠도 고모도 이 마을에서 학교 다녔다고 했어요. 저 끝에 보이는 빨간 기와집이 할아버지가 살던 집이에요. 1

년에 한두 번 할아버지 산소 올 때 머무는 곳이에요."

해라는 사돈 고모가 동창일 수도 있다는 생각에 전화를 걸었다. 초등학교 5학년 때, 같은 반이었던 고모와 이야기하다가 해라는 고성을 지르고 말았다. 하염없이 눈물이 쏟아졌다. 가슴이 벌렁벌렁 뛰었다. 며느리 할아버지가 갯벌 바다에서 해라를 구해준 아저씨였다.

'세상에 이런 인연이! 이런 인연이 있다니!'

해라는 끝없이 펼쳐지는 바다, 출렁거리는 파도, 붉게 물든 저녁노을을 멍하니 바라본다.

원두막

원두막

원두막에서 내려다본 배밭은 한 폭의 그림 같았다. 하얗게 피어나는 배꽃이 주변을 환하게 밝혔다. 기준이는 양손에 커피잔을 들고 원두막으로 들어왔다. 향기가 그윽한 커피잔을 기울이며 은서는 옛날 추억을 더듬어본다.

은서가 고등학교를 졸업한 이듬해, 아버지는 이모에게 선 자리를 부탁했다. 이모는 서울에서 사업하는 중년 남자를 소개했다. 아버지는 사업가라는 점이 호감이 갔는지 서둘러 맞선을 보게 했고, 이모는 결혼을 추진했다.

은서네 집은 마을에서 제일 부자였다. 골 깊은 회색빛 기왓장으로 덮인 지붕, 'ㄱ'자형 구조로 된 안채와 사랑채, 넓은 마당 담 옆으로 크고 작은 항아리들이 즐비하게 자리 잡고 있다. 집 주위에 있는 논과 밭은 아버지 땅이다. 넘쳐나는 재산을 움켜쥔 아버지는 놀부처럼 욕심이 많았고, 돈 관리에 철저하고 지독한 사람이었다. 은서가 중학교 다닐 때 엄마는 위암 말기라고 수술도 할 수 없었다. 엄마가 힘들어할 때 아버지는 일하는 사람들은 쌩쌩한데 집구석에서 편해서 그렇다며 엄마를 모질게 홀대했다. 아버지가 고성을 지르는 날이면 남들 보기 민망하다고 엄마는 맞서지 않고 그 화를 가슴에 묻었다. 엄마는 자식들 앞에서는 아픈 내색을 하지 않았다. 오빠들과 남동생도 엄마가 아픔의 고통 속에서 살고 있는지 잘 몰랐다. 어느 날, 학교에서 수업을 듣던 은서는 뜬금없이 엄마 생각에 교실을 나와 집으로 뛰었다. 대문을 열고 들어서는데 엄마가 마당에 쓰러져 있었다. 은서는 깜짝 놀라 아주머니를 불렀지만, 집에는 아무도 없었다. 은서는 엄마를 간신히 부축하여 마루에 눕히자 아주머니가 허겁지겁 달려와 엄마에게 약을 먹였다.

"아주머니, 엄마가 이렇게 쓰러지기도 하나요?"

"요즘 들어 자주 그러네."

아주머니는 축 늘어진 엄마 팔을 주무르며 말했다. 은서는 엄마에게 너무 미안했다. 암이라는 병이 이렇게 무서운 병인 줄 몰랐다. 며칠 후 새벽녘에 아주머니 울음소리가 들렸다. 은서는 부리나케 엄마 곁으로 갔다. 오빠와 동생도 뛰어왔다. 엄마는 병마와 싸우다 한을 가슴에 품었는지 눈을 감지 못하고 숨을 거두었다.

"아주머니, 엄마 상태가 안 좋으면 가족을 불러야지요? 엄마의 임종도 지키지 못했잖아요."

큰오빠가 아주머니를 쳐다보고 소리쳤다.

“엄마가 자식들 힘들게 하지 말고 조용히 떠나게 해달라고 누누이 부탁했어요. 죄송합니다.”

아주머니는 난처한 표정으로 엉거주춤하다가 밖으로 나갔다. 은서 형제들은 울음을 터트렸다. 아버지는 마당을 빙빙 돌며 헛기침만 캑캑거렸다. 은서는 엄마에게 뱀보다 차갑게 대하던 아버지와 한 공간에서 사는 게 죽기보다 싫어서 집을 떠나기로 결심했다.

“아버지가 원하시면 그 사업가와 결혼하겠습니다. 그 대신 아버지도 결혼자금을 넉넉히 해주세요. 모든 절차는 이모와 상의해서 준비하겠습니다.”

그 무섭던 아버지도 딸 결혼을 흔쾌히 받아들였다. 아버지는 자식보다 더 소중히 여기던 밭을 팔아서 돈을 두둑하게 챙겨 주었다. 오빠들에게 비밀로 하라는 당부의 말도 아끼지 않았다. 돈을 챙긴 은서는 도망갈 생각에 잠을 이루지 못했다. 솔직히 말하자면 떠나기 전에 기준이가 보고 싶었다. 기준이는 외모가 수려한 남학생은 아니다. 자그마한 키에 눈이 작고 웃으면 양 볼에 보조개가 깊숙이 들어가서 귀염상이다. 기준이는 공부를 잘해서 뭇 여학생들의 관심을 한몸에 받았지만, 은서를 좋아했다. 은서는 잠자리에서 벌떡 일어나 주섬주섬 옷을 챙겨 입고 뒷문으로 빠져나와 기준이 집으로 향했다. 은서는 기준이 방 창문을 가만히 두드리며 속삭였다.

"기준아, 나야, 은서."

기준이는 사립문을 밀치고 살금살금 나왔다. 은서는 말없이 원두막을 향하여 걸었다. 기준이도 따라왔다. 원두막은 사방이 훤히 트여 가끔 쥐들이 찍찍거리다가 후다닥 튀기도 하고, 들고양이가 구슬프게 사랑을 찾는 괴성을 지르기도 했다. 들에 곡식들은 이슬에 젖어 있고 그들은 원두막 안에서 핑크빛 사랑에 빠졌다.

"기준아, 나는 기어코 너를 기다릴 거야."

은서는 울먹이는 목소리로 기준이 품에서 또박또박 말했다. 원두막에서 내려와 은서는 가방을 꾸려 놓고 밤을 지새웠다. 새벽을 알리는 닭 울음소리가 들리자, 은서는 가방을 들고 부엌 뒤쪽에 있는 개구멍으로 빠져나와 저수지 둑길을 걸었다. 아버지가 등을 잡을 것 같아 다리가 후들후들 떨려 달리지 못했다. 산에서 내려오는 멧돼지보다 아버지가 더 무서웠다. 가슴을 조이며 저수지를 벗어나 산모퉁이를 돌았다. 집이 보이지 않자, 안도의 한숨을 쉬었다. 상쾌한 새벽 공기를 마시며 한참을 걸어 나와 첫 버스를 기다렸다. 혹시 지인이 버스를 타지 않을까 등골이 조였다. 하지만 버스를 타는 사람은 교복을 입은 남학생 한 명과 은서뿐이었다. 버스는 비포장도로를 달릴 때마다 덜커덩덜커덩 흔들리고 뽀얗게 먼지가 휘날렸다. 은서는 기차역 앞에 내렸다. 무작정 이모가 사는 수원행 완행열차를 탔다. 창밖으로 보이는 산등선에는 어김없이 태양이 떠오르고 있다. 열차 안에서 책장을 넘겨보지만, 아버지의 부리부리한 큰 눈과 화난 얼굴이 떠올랐다. '이곳을 다시 올 날이 있을까. 아니 올 수 있을까.' 엄마를 생각한 사이 어느새 수원역에 도착했다. 은서는 역 근처에 있는 부동산으로 들어갔다. 어르신들이 장기를 두고 있었다.

"안녕하세요. 아저씨, 방 있어요?"

"전세도 있고 월세도 있는데 어떤 걸로 보여줘요?"

"전세로 보여주세요."

아저씨는 골목을 한참 걸어갔다. 은서도 가방을 메고 아저씨를 따라갔다.

"아가씨, 여기 문간방이에요."

아담한 기와집 담벼락에는 담쟁이넝쿨이 무성했다. 인상이 포근해 보이는 아주머니가 대문을 열었다.

"아주머니, 방 보러 왔어요."

부동산 아저씨가 꾸벅 인사를 했다. 은서는 대문으로 들어섰다. 담 옆으로 부엌이 딸린 방이 있었다. 혼자 생활하기는 그런대로 괜찮을 것 같았다.

"아가씨, 혼자예요?"

"네."

아주머니와 부동산 아저씨는 의아한 듯 은서를 쳐다보았다. '전세금이 있을까?' 하는 눈빛이었다. 계약서를 쓰고 은서는 가방 깊은 곳에서 헝겊으로 돌돌 말아진 돈을 꺼내 주었다. 전세금을 받은 아주머니는 방을 살펴보더니 누렇게 변색되고 곳곳에 빗물이 스며들어 얼룩져 있는 도배지를 손으로 더듬었다. 한참을 머뭇거리던 아주머니가 무언가 결심이라도 한 듯 은서를 데리고 안채로 들어갔다.

"전세라 아가씨가 도배해야 하는데 내가 해줄게요. 내일 도배하면 들어가고 오늘은 여기서 지내요."

객지 생활이 처음인 은서는 아주머니의 따뜻한 말 몇 마디에 무서운 긴장감이 사라졌다. 다음 날 도배하는 시간에 아주머니와 생활용품을 사러 가까운 시장에 갔다. 세면도구와 세제 등을 사고, 그릇과 이불을 사려는데 아주머니가 은서 손을 잡아끌고 집으로 왔다. 아주머니는 장식장에서 그릇과 냄비를 챙겨 주면서 여자는 방바닥이 따스해야 한다며 아랫목에 깔 수 있는 담요와 이불까지 주었다. 하루 이틀 지내다 보니 서서히 취업 걱정이 되었다. 직장을 찾아다니는 은서를 보고 있던 아주머니는 변호사인 조카 사무실에 취업하게 해주었다. 사무실에는 변호사와 직원 2명이 있었다. 은서는 첫 월급 타던 날, 아주머니에게 스카프와 안개꽃을 선물했다. 어느 날 퇴근길에서 아주머니를 만났다. 은서는 무거운 시장바구니를 받아 들고 조심스럽게 물었다.

"자식은 없으세요?"

"은서는 나이가 어떻게 돼?"

"스무 살이에요."

"딸이 살아 있으면 스물한 살이네. 고등학교 2학년 때 뜻하지 않은 교통사고로 저세상 사람이 되었어. 내가 아이를 낳을 수 없어 갓난쟁이 조카를 수양딸로 삼았는데 허망하게 내 곁을 떠났어. 딸이 그리워서 힘들기도 했는데, 세월이 약이더라. 가끔 딸을 찾아가 넋두리하고 오기도 해."

은서는 괜한 질문으로 아주머니 마음을 아프게 한 것 같아 얼른 다른 화제로 돌렸다. 은서는 저녁 먹으려고 김치를 꺼내는데 갑자기 헛구역질이 나고 속이 더부룩했다. 물만 마셔도 토했다. '혹시 엄마처럼 위암인가?' 덜컥 겁이 났다. 다음 날 내과를 내원했다. 내과 의사는 뜬금없이 산부인과를 안내해 주었다. 산부인과 의사는 마지막 생리 날짜를 묻고 초음파 검사를 했다.

"임신 6주입니다."

의사의 임신이라는 말에 은서는 놀랐다. 가슴이 먹먹했다. 어찌할까. 어떻게 해야 할까. 생각하다가 용기를 내어 마당에서 아주머니를 불렀다. 아주머니가 마루 문을 밀었다. 은서는 달려가 아주머니 가슴에 얼굴을 묻고 흐느꼈다.

"밤에 도둑이라도 들었어? 무슨 일이야?"

"아니에요. 가슴이 답답해서요."

“왜 그러는데 말을 해야 알지.”

은서는 아주머니에게 고향에 있는 가족 얘기와 기준이 이야기를 진솔하게 털어놓았다. 은서는 창피했지만 임신했다고 솔직하게 말했다.

“에구 짠하다. 짠해. 부자 부모면 뭐할꼬. 엄마라 생각하고 아이를 낳아라. 내가 도와줄게.”

아주머니는 은서를 딸처럼 정성 들여서 음식을 챙겨 주었다. 딸아이를 출산하던 날도 아주머니는 은서 곁에 있었다. 갓난아이의 가냘픈 울음소리에서 기준이의 사랑을 체감했다. 은서는 딸 이름을 하늘이라고 지었다.

하늘이가 네 살 때 일이다. 아주머니는 하늘이랑 시장에 갔다. 한창 천방지축으로 뛰어다닐 때라 손을 꼭 붙잡고 다니다, 감자를 사면서 손을 놓은 것이 사단이 되었다. 아주머니는 사방을 둘러봐도 하늘이가 보이지 않아서 은서에게 전화했다. 은서는 전화를 받고 시장까지 헐레벌떡 뛰었다. 눈물 범벅이 된 홍당무 같은 얼굴로 온 시장을 다 뒤져봤지만 하늘이는 없었다. 시장을 돌고 또 돌다가 지친 몸으로 가까운 파출소에 가려고 돌아서는데, 어디서 나왔는지 하늘이가 하늘거리는 노란 원피스를 입고 좁은 골목에서 ‘엄마’하고 불렀다. 그때 하늘이 모습을 보고 있던 아주머니는 땅바닥에 털썩 주저앉아서 한참을 꼼짝하지 못했다. 그날 이후, 아주머니는 은서에게 미용 기술을 배우라고 권했다. 미용사가 되면 시간 여유가 있어서 아이를 수월하게 돌볼 수 있다고 했다. 은서는 저녁 시간에 미용학원을 다녔다. 1년이 지나 자격증을 취득한 은시는 집 근처 미용실에서 궂은일을 도맡아 했다. 은서는 하늘이가 초등학교 2학년이 되던 해에 아주머니가 알선해 준 가게에 미용실을 개업했다. 미용실에는 아주머니 지인들이 많았다. 해가 갈수록 단골손님이 많아서 수입이 짭짤했다. 은서는 지독하게 저축해서 미용실 가까운 곳에 하늘이와 거처할 보금자리를 마련했다.

그날은 종일 질퍽질퍽 비가 내렸다. 은서는 가게 문을 닫고 하늘이 학교 앞으로 갔다. 학교 정문 앞에는 아주머니 주선으로 선을 보았던 남자가 서 있었다. 그때 하늘이가 은서를 보고 뛰어왔다.

"엄마!"

"오늘 수업은 재미있었어?"

"네, 저 아저씨랑 할머니랑 탕수육 먹으러 자주 갔는데 할머니는?"

"정말?"

"하늘아, 할머니와 갔던 중국집 가서 엄마하고 저녁 먹을래?"

그 남자가 웃으며 말했다. 하늘이는 고개를 끄덕였다.

그 남자는 모녀를 승용차에 태우고 콧노래를 흥얼거리며 중국집을 향해 달렸다.

"하늘이는 자장면과 탕수육 먹을 거지?"

"네, 엄마도 자장면 좋아해요."

아주머니는 그 남자와 은서를 엮어 주려고 무진 애를 쓰는 것 같았다. 제아무리 엄마가 사랑을 주어도 아빠의 빈자리는 어쩔 수가 없었다. 그 후 그 남자는 자연스럽게 미용실을 드나들었다.

"여자 팔자는 뒤웅박 팔자라고. 그 남자는 조그마한 건물도 있고 부모님이 얌전하신 분들이야. 시집가면 후회 안 할 거야. 내 말 믿어봐. 하늘 엄마야."

아주머니는 은서만 보면 답답한지 그 남자를 들먹였다. 그 남자는 건실하고 자상한 것 같았다. 시원한 눈매며 맑은 피부, 무엇보다도 하늘이를 따뜻하게 대해주는 아량이 미더웠다. 하지만 은서는 그때마다 기준이 소식이 궁금했다. 고등학교 동창 동숙이는 기준이 소식을 알 것 같았다. 은서는 지하철을 타고 미순이가 보내준 동숙이 주소를 들고 분당으로 갔다. 은서는 아파트 근처 카페에서 핸드폰을 열었다.

"동숙아, 여기 아파트 근처 해돋이 카페야."

"아파트 근처란 말이지? 조금만 기다려 금방 나갈게."

카페 문이 열렸다. 빨간 원피스를 입은 여자가 들어왔

다. 너무 오랜만에 만난 두 여인은 한참을 멍하니 쳐다보았다. 세월이 먹어버린 젊음은 찾아볼 수 없었다. 동숙이는 명품 스카프를 목에 두르고 명품 가방도 들고 빨간 구두를 신었다. 여고 시절에도 동숙이는 화장을 하고 다닐 정도로 화려한 학생이었다.

"여전히 화려하고 이뻐!"

"그래? 그게 나 동숙이잖아. 그나저나 무슨 일이야? 전화번호는 어떻게 안 거야? 너 철저하게 소식을 끊었잖아. 독한 년."

"미안해. 숨어 산다는 것이 얼마나 가슴 아픈 일인지 너는 모를 거야. 미용실 하면서 동창 미순이와 연락하고 살았어. 미순이는 미용실 근처 아파트에서 살고 있더라."

"뭐라고? 믿을 사람 없다더니. 나 원 참."

"오늘 미용실 휴무 날이야. 오랜만에 너도 보고 기준이 소식도 궁금해서."

"기준이 소식이 궁금하기는 해? 참 빨리도 물어본다. 저번 달, 아버지 기일에 고향에 내려갔어. 시골에 가면 엄마가 마을에 있었던 이야기를 밤새도록 해. 숙제가 밀린 것처럼 이번에는 기준네 얘기를 하더라."

"기준이 얘기? 빨리해봐."

"기준이네는 마을에서 둘째가라면 서러울 정도로 부자라고 했어. 기준이가 보낸 월급으로 아버지가 조금씩 땅을 샀나 봐. 기준이가 건설회사에 다니고 부자라는 소문이 돌자 혼처 자리가 줄을 섰다고 하더라. 기준이는 아버지 성화에 못 이겨 자주 내려와 선을 봤대. 선보는 게 지겨웠던 기준이는 같은 직장에 다니는 여직원을 아버지에게 소개했다더라. 기준이 아버지는 그 여직원이 마음에 쏙 들었는지 결혼을 서둘렀대. 결국 기준이는 이실직고해서 아버지를 설득했다고 하더라. 기준이 참 대단한 놈이더라."

"그랬구나. 그럼 아직 기준이 미혼이야?"

"그래."

말을 어찌나 맛깔스럽게 잘하는지 은서는 동숙이 이야기 속으로 푹 빠졌다. 카페에서는 여고 시절에 귀가 닳도록 들었던 팝송이 정겹게 흐르고 있었다.

"부푼 꿈을 꾸던 여고 시절로 다시 돌아가고 싶다. 동숙아."

은서는 동숙이와 헤어지고 지하철 의자에 몸을 기대고 눈을 감았다. 기준이 얼굴이 떠올랐다. 하늘이가 웃을 때 생기는 보조개를 보면 기준이와 똑같았다.

세월을 따라 하늘이도 무탈하게 대학에 진학했다. 꼭 간호사가 되고 싶다고 대학원까지 고집을 부렸던 하늘이가 석사모를 쓰던 날, 기준이가 아빠 자리에 있으면 얼마나 좋았을까. 석사모를 내 머리에 씌워 주고 아주머니에게도 씌워서 사진을 찍어주는 하늘이가 자랑스러웠다. 하늘이는 어렵지 않게 대학병원에 취업했다.

"엄마, 오늘 저녁 근무야. 나랑 쇼핑하고 점심 먹을래?"

"좋아."

하늘이 목소리는 구슬처럼 또르르 굴렀다. 오랜만에 하는 데이트라 은서는 화장을 화사하게 했다. 청바지를 입고 하늘이가 첫 월급으로 선물한 하얀 티셔츠를 입었다.

"엄마!"

하늘이가 먼저 와서 손을 흔든다. 쌍둥이처럼 옷을 입은 모녀는 서로 마주 보고 웃었다. 하늘이는 미리 주문한 음료를 가지고 왔다.

"엄마, 어제 근무하면서 이런 일이 있었어. 병실을 돌던 간호사가 갑자기 배가 아파서 내가 유방암 수술한 환자에게 주사를 놓으려고 하는데 갑자기 환자가 침대에서 벌떡 일어나더라. 나는 놀라서 주저앉을 뻔했어.

—간호사는 내 엉덩이를 호박으로 생각하고 사정없이 찔러대는 거지?

나는 멍하니 한참을 서서 그 환자를 쳐다보았어. 그 환자는 화가 많이 났더라고. 병원에서 일해보니까, 엄마와 나처럼 행복하게 사는 사람들이 생각보다 많지는 않아."

은서는 하늘이와 시간 가는 줄 모르고 수다를 떨었다. 커피잔을 정리하고 돌아서는데 건너편 테이블에서 차를 마시는 남자가 눈에 들어왔다. 순간 심장이 멈추는 줄 알았다. 분명 기준이었다. 은서는 따박따박 기준이 앞으로 걸어갔다. 꿈은 아니겠지라는 생각으로.

"혹시 기준이 맞아?"

기준이는 야속하다는 눈빛으로 은서를 쳐다보았다. 기준이도 세월을 먹었는지 흰 서리가 제법 내려 있었다.

"맞아. 나 기준이야."

"엄마, 아는 사람이야?"

"응. 고향 친구야. 인사해."

"안녕하세요. 저는 하늘이에요. 엄마랑 좋은 시간 보내세요. 엄마, 저 출근합니다."

하늘이가 가고 그들은 자리를 옮겼다. 은서는 제일 궁금한 시골집 소식을 물었다. 기준이는 차를 마시면서 은서를 자주 쳐다보았다.

'그 곱던 얼굴이 고생하고 살았나. 가족이 궁금한 사람이 그토록 냉정하게 고향을 등지고 살았어. 아버지를 닮아서 무지 독한 여자야.'

"은서가 떠나고 시골에서는 시집갈 처녀가 도망 갔다고 삽시간에 소문이 퍼졌어. 오빠는 매일 저수지 둑에서 서성거렸고 멀리 산자락을 바라보더라. 아버지는 마을 사람들 보기 창피하다고 이년 나타나기만 하면 다리를 분질러 버린다고 술만 마시면 고래고래 고함을 쳤어. 마을 사람들은 은서 아버지가 미쳐 간다고 숙덕거렸어. 아버지를 지켜보던 주막 아줌마가 여자를 소개해 주었다네. 그 여자는 재산만 보고 아무런 조건 없이 아버지를 따라왔어. 그 여자는 세련되고 미모가 뛰어났어. 내가 보아도 시골에서 살 여자가 아니더라."

"엄마가 세상을 떠나고, 딸이 소식이 없으면 아버지가 자신을 성찰할 줄도 알아야지. 암튼 자식으로서 너무 속상하네."

"그 여자는 아버지를 주물럭거리는 재주가 대단했다고 했어. 한 달이 지나자 아버지가 오빠들 몰래 땅을 팔아서 주었대. 오빠가 그 소문을 듣고 그 여자 뒷조사를 했어. 그 여자는 3년 전에 전 남편과 사별하고 3남매를 데리고 어렵게 살고 있었데. 아버지는 그 여자 말이라면 콩이 팥이라고 해도 믿을 정도로 그 여자를 신임했다지. 은서 아버지는 땅을 팔아서 그 자식들을 찾아가 집도 마련해 주고 생활비를 넉넉하게 주고 왔나 보더라. 오빠들은 아버지 그 행동에 눈이 뒤집혀서 자기 몫을 달라고 아버지와 매일 싸웠어. 오빠들은 자기 몫을 팔아서 큰오빠는 부산으로, 작은오빠는 청주로, 막내 남동생은 아버지처럼 살기 싫다고 집을 나가서 연락 두절이라고 하더라. 은서 가족은 불행하게도 뿔뿔이 흩어져 살고 있어. 그 많은 아버지 땅은 바닥이 났고, 그 여자는 자식들과 흔적도 없이 사라져 버렸대.

후문에 들린 소문에 의하면 그 여자는 주막 아줌마 동생이었다고 하더라."

띵 하는 소리에 핸드폰을 열었다.

—이번 토요일에 시간 낼 수 있어?

기준이가 문자를 보냈다. 은서는 손님이 많아서 답을 하지 못했다. 늦은 시간이 돼서야 답을 보냈다.

—그날은 예약이 많은데 중요한 일 아니면 휴무 날 보면 안 될까?

—손님에게 미리 양해를 구하고 시간을 내봐.

—그렇게 할게.

창밖에는 나뭇잎들이 바람에 한들거리고 한 쌍의 까치들이 나무 사이를 오가며 까악까악 사랑 노래를 부르고 있다.

—경비실 옆에 주차했어. 조심히 나와.

은서는 눈썹을 짙게 그리고 까만 원피스에 장미꽃이 활짝 피어난 스카프로 목을 감쌌다. 거울 속 여인은 참으로 예뻤다. 은서를 기다리던 기준이가 물었다.

"너무 빠르지?"

"괜찮아. 근데 어디 가는 거야?"

"고향에 할 일이 있어. 너랑 같이 가서 얘기하고 싶었거든."

차창 밖으로 보이는 산야들은 굽이굽이 골짝마다 녹음이 짙게 물들어 있었다. 차 안에서는 이수미의 '여고 시절' 노래가 흘러나왔다. 은서가 흥얼거리자 기준이도 학창 시절이 생각나는지 따라 불렀다. 어느새 기준이 동생 집에 도착했다. 와상에 밥상이 차려져 있었다. 풋고추, 상추, 오이, 더덕구이, 도토리묵, 된장국, 하얀 쌀밥에 듬성듬성 보이는 검정콩이 군침을 돌게 했다. '고추가 약이 오르기 전에는 맵지 않아서 된장에 푹 찍어 먹으면 여름철에는 최고의 별미라고' 텃밭 고추나무에서 고추를 툭툭 따며 말했던 엄마의 목소리가 귓가에 맴돌았다. 은서는 풋고추를 된장에 꾹 찍어서 먹었다. 엄마 향기가 입안에 가득 퍼졌다. 식사가 끝나고 원두막으로 올라가는 길에 기준에게 물었다.

"여기 우리 아버지 땅이었는데, 이젠 과수원으로 변해 버렸네. 올라오는 길옆 땅들은 토마토랑 오이를 재배하는 하우스 같던데, 그것도 기준이 거야?"

"응. 지금은 막냇동생이 경작하고 있어."

"이 원두막은 그대로네. 참 행복한 추억이 묻어 있는 곳인데."

원두막 안은 깨끗했다. 은서는 손으로 바닥을 만지작거렸다. 그들은 나란히 앉아 마을을 내려다보았다. 초가집을 개량한 빨간 슬라브집, 불그레한 벽돌집, 띄엄띄엄 기와집들이 정겹게 자리 잡고 있었다. 이렇게 평화로운 마을이 유년 시절에는 전쟁터 같았다. 아마도 힘들게 사는 사람들이 많아서 그랬으리라. 그 어려운 시절에 부자였던 아버지가 베풀면서 살았으면 얼마나 좋았을까. 아버지 삶이 한없이 안타까웠다.

“기준아, 그때 공무원 시험 본다고 했었지?”

“그랬지. 시험에 합격해서 동사무소에 근무했는데, 그 월급으로 아버지와 동생을 도울 수가 없더라. 엄마는 한술에 배부르냐고 서울 가는 것을 극구 반대했어. 그런 엄마를 간신히 설득해서 무작정 서울로 올라갔어. 거처할 곳이 없어서 서울역 지하도에서 자기도 했어. 그날은 햇살이 눈이 부셨어. 나는 건축 현장을 찾아다녔어. 나에게 그런 용기가 잠재하고 있는지 몰랐어. 무작정 현장에 들어가 소장을 만나고 싶다고 했지. 작업복을 입은 소장이 무슨 일이냐고 묻더라. 나는 소장을 붙잡고 일하게 해달라고 했어. 소장은 아버지같이 나이가 들어 보이더라. 소장은 위험한 곳이라면서 다음에 오라고 하더라. 나는 돌아서는 소장 다리를 두 손으로 안고 내 처지를 솔직하게 털어놓았어. 그때 내 나이가 스무 살인데 키가 작아서 고등학생 같았어. 소장은 내가 딱했는지 현장에서 허드렛일이라도 하라고 하더라. 그 소장은 내 인생의 은인 같은 분이야. 내가 군복무를 마치고 찾아갔을 때 반갑게 맞아 주신 분이기도 해.”

기준이는 지나간 날들을 회상하는지 먼 곳을 바라보았다. 은서는 기준이 어깨에 살며시 머리를 기댔다.

“아버지는 자식들을 위해서 사셨던 분이었어. 내가 보낸 돈으로 이 많은 땅을 살 줄 몰랐어. 아버지가 고생 많이 하셨지. 나는 건설 현장에서 성실하게 일했어. 그때 소장님이 지금 ‘H’ 건설회사에 취업하게 도와주셨어. 지금 상무라는 직책으로 근무하고 있지만, 어느새 퇴직할 나이가 다가오네.”

기준이는 볼 깊이 보조개를 숨기고 환하게 웃었다. 그리고 가방에서 색동으로 포장된 조그마한 물건을 꺼냈다.

“이것도 세월 따라가나. 포장지가 변색이 되었네. 참 예뻤는데.”

“이게 뭐야?”

“열어봐.”

은서는 설레는 마음으로 열어 보았다. 황금빛 커플링이었다.

“세상에서 가장 사랑하는 사람 주려고, 공무원 첫 월급 타서 마련해 둔 거야. 이제야 주인을 찾았네. 하하하. 선물 포장이 촌스럽지?”

“포장지가 촌스러우면 어때? 반지가 너무 빛난다.”

기준이는 은서 손가락에 반지를 끼워주고 손을 내밀었다. 은서도 기준이 손가락에 반지를 끼워주었다. 어쩜 이렇게 꼭 맞을까. 동생댁이 준비해 준 꽃차를 종이컵에 따라 반지를 낀 손으로 들었다. 반지를 어루만졌다. 정말 좋았다. 그들은 꼭 껴안고 입술을 포개었다. 꽃차 향기가 가득 퍼졌다. 기준이는 가방에서 집 설계 도면을 꺼내면서 말했다.

"저 건너 농작물이 있는 밭에 똑같은 집 세 채를 지어서 형제들과 노후에 함께 살고 싶어. 부모와 형제를 위해 평생 고생한 누님과 동생들이 퇴직하면 언제든지 와서 편안하게 살 수 있는 집을 짓고 싶어. 가능하다면 은서 동생도 찾아서 같이 살자. 통장을 만들어서 과수원이랑 하우스 수입은 공동으로 쓸 수 있게 하고 모두가 책임감 있게 일하면서 살고 싶었어. 맑은 공기 마시면서 말이야. 우리 고향에서 멋지게 살자. 그래서 말인데, 은서가 먼저 고향에 내려와서 건물 짓는 걸 감독해 주는 게 어때? 내가 주말마다 내려와서 도와줄게. 이제 우리에게 젊은 날은 오지 않을 거야. 앞으로 다니고 싶어도 다닐 수 없는 회사이기에 퇴직할 때까지 다니고 싶다. 은서야."

"멋진 꿈을 그리면서 살았네. 보기 좋은데."

기준이는 그동안 꿈꾸었던 계획들을 신명 나게 펼치기 시작했다. 배나무에는 올망졸망 배들이 더위를 달래고 있었다. 밭에는 콩, 고구마, 옥수수 잎들이 푸르름을 구가하고 있었다. 은서는 땅거미가 질 무렵 원두막에서 내려왔다.

은서는 딸에게 고향으로 내려가는 것을 의논하고 싶었다. 퇴근 시간을 맞춰 병원 앞 카페로 갔다.

"엄마, 오늘 미용실 휴무 날이 아니잖아. 무슨 일이야?"

"사랑스러운 딸이 갑자기 보고 싶어서. 하늘아! 어제 엄마 고향에 다녀왔어. 오랜만에 고향에 갔더니 너무 좋더라. 엄마가 나이 먹었나 봐. 외할아버지 집에서 살고 싶어졌어. 맑은 공기도 마시고 대자연을 만끽하면서 말이야. 마을 어르신들에게 이발도 해드리면서 봉사하고 싶어. 할아버지한테 상처받은 마을 사람들에게 조금이라도 도움을 주고 싶어. 내 딸 의견이 듣고 싶어. 하늘이 생각이 엄마한테는 가장 중요하니까."

"평소에 고향에서 살고 싶다고 엄마는 늘 말했잖아. 엄마가 좋으면 나도 좋아."

은서는 물심양면으로 도와주신 아주머니 주려고 선물과 꽃을 샀다. 기준이 이야기하면서 고향으로 내려가자고 간절하게 청했다.

"하늘 엄마야, 평생 살아온 이곳을 훌쩍 뜰 수가 없어. 대신 딸 집처럼 자주 갈게."

"꼭 자주 내려오세요. 엄마처럼 의지하면서 살았어요. 그동안 감사했습니다. 엄마!"

은서는 30년 넘게 생활한 터전을 하나하나 정리해서 고향으로 내려갔다. 다음날 은서는 전입 신고하고 등기소에서 아버지 집을 열람해 보았다. 뜻밖에도 기와집과 야산이 박은서로 되어있었다. 아버지가 불효녀를 잊지 못하고 마지막 남겨 준 사랑 같았다. 긴 세월 딸을 그리며 살았을 아버지가 스쳤다. 은서는 부모님과 함께했던 유년 시절을 더듬으며 뒤꼍을 두루 살펴보았다. 가는 곳마다 엄마와의 추억들이 남아 있었다. 아버지의 무서운 모습도 떠올랐다. 은서는 방으로 들어가 방바닥에 벌러덩 누웠다. 몇십 년을 돌고 돌아 그 자리에 왔다. 젊음은 어디로 갔을까. 지나간 날들을 돌릴 수는 없지만, 그동안 갈구했던 기준이와 함께라고 생각하니 가슴이 벅찼다. '그래. 다시 시작해 보자.' 은서는 방 구석구석 훑어보았다. 기준이가 미리 들여놓은 장롱에 옷을 정리하고 화장대 서랍을 열었다. 서랍 속에는 하얀 봉투가 있었다. 은서는 별생각 없이 종이를 꺼내어 펼쳐 보았다.

[박은서] [박하늘] 유전자 검사 99.999% 일치
[장기준] [박하늘] 유전자 검사 99.999% 일치

은서는 깜짝 놀라서 다시 확인해 보았다. 분명 유전자 검사지였다. 언제 이 검사를 했단 말인가. 또 하나의 하얀 봉투를 뜯었다.

내 사랑 은서야. 내 나이 육순을 향해 달리고 있어도 내 마음속엔 너반 있었어. 젊은 시절은 가족을 위해 헌신하며 살았어. 나는 배움을 갈망하다 야간대학에 들어갔었지. 건설회사에 취업하고 결혼을 생각한 적도 많았어. 하지만 결혼은 내 마음대로 되지 않더라.

어느 추운 겨울이었어. 창문 밖에는 꽃송이 같은 눈이 내리고 있었어. 그날은 왜 그렇게 네가 보고 싶었을까. 그날 문득 동숙이가 보내주었던 미용실 주소가 떠오르더라. 나는 주소를 가지고 미용실을 찾아갔어. 건너편 빵집에 앉아서 미용실을 주시하고 있는데 늦은 시간에 은서가 아이를 데리고 가더라. 퇴근하고 빵집에 앉아서 은서 그런 모습을 보고 간 적이 참 많았지. 어떤 날은 하굣길에서 하늘이를 보면 나를 많이 닮은 것 같아서 기분이 묘하게 설레고 좋더라. 그 긴 시간을 참고 또 참았던 건 아이에게 상처를 줄까 봐서 그랬어. 지금은 어떤 얘기를 해도 이해하는 성인이 되었잖아. 은서야! 이해해 주라. 내 딸인지 확인하고 싶었어. 하늘이가 알기 전에는 말하지 말자. 누가 뭐라 해도 박하늘은 우리 딸이잖아. 혹시 나비처럼 하늘하늘 살라고 이름을 하늘이라고 지었어? 이름이 너무 예쁘다. 은서만큼이나. '기준아, 나는 기어코 너를 기다릴 거야.' 은서가 또박또박 내뱉은 이 말은 내 가슴 깊은 곳에 새겨놓은 사랑이었어. 그 사랑으로 지금까지 기다려온 거야. 요즘 너무너무 행복하다. 은서도 내 마음 같을 거라고 믿어. 영원한 내 사랑! 기준이가.

주말에 하늘이가 대문을 밀치고 들어왔다. 기준이는 파란 남방을 걸치고 대문 쪽으로 걸어갔다.

"엄마."

"내 딸 어서 와."

"하늘 아가씨, 어서 와요."

"아저씨, 안녕하세요."

'아저씨라니. 아빠라고 해야지.'라고 하늘이에게 지적해주려다 은서는 입술을 질근 깨물었다. 은서는 부엌으로 들어가 하늘이가 좋아하는 계란말이를 만들고, 기준이는 텃밭에서 오이를 따왔다. 기준이는 오이를 흐르는 물에 씻더니 툭 분질러 하늘이에게 주었다. 하늘이는 해맑게 웃으며 오이를 덥석 받아서 은서에게 한입 물리며 말했다.

"싱싱해서 그런지 달고 식감이 좋아."

"이 아저씨가 정성을 들여서 오이 맛이 좋은 거야. 아저씨가 준 오이 먹으면 아주 예뻐질걸."

하늘이는 크게 웃었다. 텃밭에서 수확한 상추, 오이, 치커리, 청양고추와 양념한 된장, 석쇠에 구운 갈치, 배추겉

절이까지 한 상을 푸짐하게 차렸다. 하늘이는 와삭거리는 오이를 먹으면서 행복한 미소를 기준에게 연신 보냈다.

은서는 부모님 묘를 찾아가려고 소주, 동태포와 과일을 챙겨서 바구니에 넣었다. 그들은 배밭을 지나 선신으로 갔다. 배나무 가지마다 종이 옷을 입은 배들이 가을을 기다리고 있었다. 선산에는 잡초가 풀숲을 이루고 있었다. 기준이는 예초기로 벌초를 시작했다. 이마에는 굵은 땀방울이 송골송골 맺혀서 굴렀다. 하늘이는 시원한 생수를 기준이 손에 건네주고 이마의 구슬땀을 수건으로 닦아 주었다. 꿈에서나 그려 보았던 저 모습이 현실이라니, 은서는 가슴이 벅차올랐다. 그들은 벌초를 끝내고 원두막으로 갔다. 구릿빛 노을이 햇살을 품어 가고 있다. 하늘이는 기준이 모자를 벗기고 땀에 젖은 머리카락을 수건으로 닦아 주었다.

"아빠, 불러보고 싶었어요. 아빠!"

알람 소리

알람 소리

알람 소리에 눈을 떴다. 현관문을 조심스럽게 밀고 나왔다. 아파트 창문에서 간간이 불빛이 흘러나온다. 윤희는 승용차 시동을 걸었다. 도로는 한산하다. 매일같이 하는 일인데도 늘 긴장감이 맴돈다. 80세가 넘은 어르신의 건강을 챙기는 마음가짐은 젊은이 못지않다. 거동이 불편하지만 살아야 한다는 의지도 강인하다. 어르신은 새벽잠이 없다며 5시까지 와달라고 윤희에게 간청했다. 윤희는 초인종을 누른다.

"일찍 오느라 힘들지? 배고파. 밥 줘."

밤새 혼자 외로움과 공허한 마음으로 보냈으리라. 윤희가 고개를 끄덕이며 편안하게 해주면 어르신은 윤희를 붙잡고 지나온 삶을 이야기한다. 가랑비가 종일 내리던 날, 저녁을 먹던 어르신은 갑자기 얼굴이 시뻘겋게 변하더니 가슴속에 있는 화를 뿜어낸다.

"어떻게 공부시켰는데 지아비를 고물 취급해. 그래서 무자식이 상팔자지."

어르신은 경찰관이었고 아내는 시청에 다니는 공무원이었다. 3남매를 키우려면 맞벌이는 필수였다. 아내는 직장생활하면서 아이들을 살뜰히 챙기지 못했다. 그래서 3남매는 시어머니 몫이었다. 아이들이 초등학교에 다닐 즈음, 지방 출장 다녀오는 길에 아내는 교통사고로 운명했다. 어머니와 지인들은 재혼하기를 권유했지만, 어르신은 오직 자식 교육에만 전념했다. 어르신은 변호사 아들과 공무원 딸 자랑을 늘어놓다가 얼굴 한번 보기 힘든 자식들이 자식이냐고 버럭 화를 내신다.

"자식들이 부모 마음을 백 분의 일이라도 알까 몰라. 우리나라는 복지 시스템이 잘되어 있어서 그나마 독거노인들이 안심하고 살지. 내가 죽으면 북적북적 조문객들이 줄을 서겠지. 장례 치르고 부의금과 이 아파트 가지고 싸움이나 안 하려나? 어쩌다 잠깐 얼굴 내미는 자식들이 반갑다기보다는 서운함이 앞서니."

어르신은 연금으로 생활하셔서 경제적으로 힘들지 않다. 매해 어버이날, 봉사 단체를 통해 독거노인 집을 방문하면 구석구석 오물들이 쌓여 발 디딜 틈이 없는 집이 허다하다. 갈 날이 가까워지고 있는 어르신 얼굴에는 세월의 흔적이 곳곳에 묻어 있다. 그 길이 어찌 어르신만 가는 길이겠는가. 윤희는 물수건으로 어르신 얼굴을 닦아 드리고 아침을 챙겨 드렸다. 공기청정기를 켜고 방향제를 곳곳에 놓아도 어르신이 풍기는 특유한 냄새는 어쩔 수가 없다.

윤희는 일을 마치고 집으로 왔다. 간밤에 남편이 마른안주에 맥주를 마시더니 비릿한 냄새가 거실을 떠다닌다. 창문을 활짝 열었다. 햇살이 눈이 부시게 창문을 밀고 들어온다. 새 둥지를 튼 머리로 느지막하니 일어난 남편을 보면 남아있는 정도 도망가 버린다. 남편은 냉장고 문을 열고 생수를 꺼내 벌컥벌컥 들이켠다.

윤희는 전라남도 해남에서 태어나 초등학교 교사로 근무했다. 순수하고 거짓이 없는 아이들과 수업하는 게 즐거웠다. 선생님, 선생님, 부르며 달려오는 천진난만한 초등학교 1학년 학생들이 귀엽고 예뻤다. 국어 시간이 되면 아이들이 더듬더듬 책을 읽어 내려갈 때 그 모습은 참으로 사랑스럽다. 어느 날, 윤희는 퇴근하고 집 대문을 들어서는데 옆집 언니가 뒤따라 들어와 툇마루에 걸터앉았다.

"윤희야, 지금 퇴근하니? 엄마 어디 있어? 꼭 할 말이 있는데."

엄마는 가게에서 챙겨온 밑반찬을 부엌에서 정리하다 옆집 언니 목소리를 듣고 부리나케 나왔다.

"언제 왔는가?"

"오늘 엄마 기일이어서 내려왔어요. 아주머니, 우선 이

사진부터 보실래요? 평택에서 건축 사업하는 유능한 사람이에요. 어마어마하게 부자라고 하네요. 아주머니의 깐깐한 성격을 알면서도 아까운 자리라서 말씀드리는 거예요."

"그 아까운 자리가 이 먼 해남까지? 사람은 인성을 봐야지. 시방은 바쁘네."

엄마는 퉁명스럽게 말을 던지고 대문을 박차고 휘리릭 나가버렸다. 그 이후에도 옆집 언니는 끈질기게 전화로 엄마를 설득했다. 민들레 꽃이 갓 깨어난 병아리처럼 노랗게 피어나던 날, 옆집 언니는 그 남자를 데리고 가게로 왔다. 그 남자는 이목구비가 뚜렷하고 야무져 보였다.

"안녕하세요. 장철규입니다. 어머니 딸과 교제하고 싶습니다. 허락해주십시오."

묵직하고 강인한 인상 때문인지 엄마 마음이 움직이기 시작했다. '평택에서 사업을 하는 부자가 촌년을 왜 좋아할까? 그리고 옆집 언니는 윤희가 왜 철규랑 결혼하기를 원할까?' 윤희는 이런 궁금증이 생겼다. 다음 날 아침, 윤희는 뒷산을 올랐다. 길섶 언저리에 반반한 바위가 윤희를 불러 앉혔다. 1년 365일 하루도 쉬지 않고 가족을 위해서 일하는 엄마처럼 희생하는 인생을 살고 싶지는 않았다. 장철규가 어마어마한 부자라고 해서 그런가. 그 남자와 결혼하려는 이유가 가정을 꾸리는 것보다 그동안 이루지 못했던 꿈을 이루고 싶다는 욕망으로 부풀어 올랐다. 엄마에게 미안해서 포기했던 약사의 꿈을 이루고 싶었다. 한동안 고민한 윤희는 병아리처럼 귀여운 아이들 곁을 떠나기로 결심했다. 윤희는 6개월이 넘게 평택을 오가며 철규와 미래를 준비했다. 윤희는 7년 동안 근무한 초등학교 운동장에서 훌쩍 자라버린 학생들과 학부모의 축복을 받으며, 학생들을 사랑한 만큼만 남편을 사랑하면 행복한 가정을 이룰 수 있다는 교장 선생님의 주례로 결혼식을 치렀다. 하지만 상상했던 행복한 시간은 잠시 머물다 허무하게 떠나버렸다. 반년을 만났던 장철규는 누구였을까. 약사는 언감생심. 남편은 지방에서 보내는 날이 더 많았다. 가끔 집에 오는 날이면 늘 술에 절어 있었다. 윤희가 첫 아이 임신하고 들뜬 마음으로 전화했을 때, 그 퉁명스럽고 무심함이란.

"그게 뭐가 대단한 일이라고 전화까지 하고 그래."

"창문 열어서 환기도 시키고, 일이 없으면 운동이라도 나가지. 해가 중천에 걸려 있는데 지금까지 뒹굴고 있어?"

"휴. 사는 게 답답하다."

"나는 당신 보는 게 더 답답하다. 잘 나갈 때 마누라한테 잘하지. 돈 잘 벌 때는 다 당신 편인 줄 알았지? 이렇게 고꾸라지니까 당신 쳐다보는 사람 있어? 남들은 이렇게 매정한 거야. 형수도 현장에서 돈 벌어 줄 때나 좋아하지. 지금은 연락도 없지?"

윤희는 콩나물국을 끓여놓고 공원으로 나갔다. 한 발 한 발 옮길 때마다 무의미하게 지나가 버린 세월이 아까워서 가슴이 미어진다. 공원 초입에서 현자가 반갑게 손을 흔든다.

"윤희 언니. 아침에 일하고 온 거야?"

"응. 4시에 가서 저녁 챙겨 주어야 해. 잠깐 여유가 있어서 나왔어. 가슴이 답답하기도 하고."

현자는 윤희네 집 위층에서 산다. 예쁘고 세련된 여자는 아니지만, 늘 진실하고 성품이 곱다. 현자의 남편은 개그맨처럼 재미있고 정이 많은 사람이다. 이 세상에 현자 남편만큼 아내를 존중해 주는 사람이 있을까 싶을 정도로 멋진 남자다. 장맛비가 폭포처럼 쏟아지던 어느 여름날, 현자 남편은 직장 동료들과 회식하고 귀가하다가 음주운전 차에 치여 현장에서 먼 세상으로 떠났다. 윤희는 영정 앞에 하얀 국화꽃 한 송이를 놓고 사진을 쳐다보았다. 멋지고 좋은 사람은 왜 이렇게 빨리 곁을 떠나는지. 현자가 손을 붙잡으며 오열했다. 머리카락이 어수선하게 뒤엉키고 눈물과 콧물로 얼룩진 얼굴로 소리치던 현자. 현자는 강산이 변할 만큼 세월이 지났어도 남편과 행복했던 순간들을 스쳐 가는 바람처럼 들먹인다.

"언니, 겨울이 지나면 봄이 오고 새싹이 돋아나 꽃을 볼 수 있지만 한번 떠나버린 남편은 영영 볼 수 없어서 너무 슬퍼.”

윤희 아들은 초등학생 때부터 축구 선수로 뛰었다. 지방 경기가 있을 때는 윤희도 늘 함께했다. 아들이 고등학교 1학년 때, 지방 친선경기가 있었다. 그날은 남편도 경기장에 참관했다. 경기가 끝나고 선수들과 학부모들이 저녁 식사하는 자리에서 남편이 뜬금없이 말했다.

“오늘 수고 많으셨습니다. 이번 모든 경비는 제가 부담하겠습니다.”

감독과 코치, 선수와 학부모들은 모두 손뼉을 치며 환호성을 질렀다. 윤희는 당혹감을 감출 수 없었다. 생활비도 넉넉히 주지 않으면서, 아내에게 말 한마디 없이 이 많은 경비를 부담한다니. 윤희는 화가 치밀어 벌떡 일어나 밖으로 나왔다. 남편은 언제나 과묵하고 거만한 태도로 윤희의 자존심을 뭉개버리는 사람이다.

다음날, 딸아이가 11시가 넘어도 오지 않았다. 골목길은 암흑 같았다. 윤희가 전화를 걸어도 딸은 받지 않았다. 밤이 깊어서 집으로 돌아온 윤희는 딸 책상 위에 있는 메모지를 보았다.

—엄마는 오빠가 그렇게 좋아? 나는 언제나 혼자인 것 같아. 오늘도 내일도 모레도.

그렇다. 아들이 축구를 시작한 후, 가족들이 한자리에

모여서 딸에게 따뜻한 말 한마디 한 적이 있었던가. 남편은 딸에게 전혀 관심이 없다. 그날 밤, 윤희는 딸을 보지 못했다. 다음 날 아침, 윤희는 딸아이 학교 정문 건너편에서 딸을 기다렸다. 딸아이가 축 처진 어깨에 가방을 메고 정문으로 들어갔다. 윤희는 힘없이 터벅터벅 집으로 돌아와 TV를 켰다. 아침마당에 초대 손님으로 출연한 가수 모녀가 다정스럽게 이야기하고 있다. 순간 가슴이 너무 아팠다. 윤희는 TV를 끄고 창밖을 바라보았다. 딸이 간밤에 어디에 있었는지 궁금해서 미칠 것 같았다. 초인종 소리에 깜짝 놀라 현관문을 열었다. 현자였다.

"언니, 딸 때문에 걱정 많이 했지? 어젯밤에 우리 집에서 잤어. 언니한테 연락하면 친구 집으로 간다고 해서 어쩔 수 없었어."

윤희는 다리에 힘이 풀려 주저앉았다. 손으로 가슴을 쓸어내렸다.

"고마워! 정말 고맙다. 딸이 안전하게 있었으면 됐어."

"언니, 아들도 중요하지만, 사춘기 딸도 신경 좀 써라. 어제 울먹이는데 마음 아프더라."

윤희는 생활비가 모자라 딸이 원하는 학원을 보낼 수 없었다. 고민 끝에 엄마를 찾아갔다.

"무슨 일이냐? 얼굴이 형편없구나."

"엄마, 딸 믿지? 아무것도 묻지 말고 돈 좀 빌려주세요."

엄마는 묻고 따지지도 않고 윤희에게 돈을 주었다. 윤희는 평택으로 올라와 보증금이 적고 권리금이 없는 한적한 곳에 생맥주 가게를 개업했다. 치킨과 생맥주를 팔다 보면 언제나 자정이 넘어서야 집에 들어갔다. 그때마다 딸아이는 책상에 엎드려서 자고 있었다.

그날은 태풍이 올라오고 있다는 뉴스를 접하고 일찍 귀가하려 했는데 가게에는 서너 테이블에 남녀 손님들이 갈 생각을 하지 않았다. 창밖에는 바람이 세차게 불고 비가 쏟아지더니 번개가 칼날같이 번쩍이고 벼락 치는 소리가 심상치 않았다. 그때 딸 전화가 왔다.

"딸, 무슨 일 있어?"

"엄마, 오늘만 일찍 와. 바람도 불고 번개 치는 밤이 너무 무서워."

두려움에 떨고 있는 딸의 목소리를 감지하면서도 윤희는 손님을 두고 갈 수 없었다. 윤희는 평소보다 더 늦은 1시에 귀가했다. 딸은 책상 앞 의자에 앉아 담요를 뒤집어쓰고 떨고 있었다. 윤희는 담요를 살짝 들췄다. 딸은 눈알이 새빨갛게 물들어 있고 얼굴이 퉁퉁 부어 있다. 딸은 사정없이 윤희를 뿌리쳤다.

그때부터 딸은 윤희를 멀리하기 시작했다. 엄마 말은 들으려 하지 않았다. 윤희는 딸을 달래 보기도 하고, 다시 신뢰를 얻기 위해 노력했지만 허사였다. 수능 보는 날 조차도 딸은 엄마를 외면했다. 딸은 밤낮을 가리지 않고 아르바이트로 등록금을 마련해서 대학에 들어갔다.

—저를 찾지 마세요. 언제나 저는 혼자였으니까요.

참으로 기막힌 일이다. 윤희는 가게를 그만두고 딸 학교를 매일 찾아갔다. 하지만 딸을 만날 수 없었다. 그날도 기다리다 지쳐서 돌아서는데 딸아이가 길 건너에 서 있었다. 윤희는 딸을 데리고 가까운 카페로 들어갔다. 커피와 빵을 주문하고 딸 앞에 앉았다. 딸의 눈빛은 매서웠다.

"그 잘난 오빠 뒷바라지나 하지 여기는 뭐 하러 와요. 오지 마세요."

딸은 윤희의 말을 들으려 하지도 않고 자리에서 벌떡 일어났다. 중고등학교 다닐 때 매일 밤 혼자 보낸 시간이 얼마나 외롭고 무서웠을까. 생각하면 할수록 가슴이 무너졌다. 비바람이 치던 날 손님을 보내고 딸에게 뛰어갔어야 했다. 돈 몇 푼 벌자고 딸을 품어주지 못하고 두려움에 떨게 두었던 게 한없이 후회스러웠다.

남편은 가정에 전혀 관심이 없었다. 어쩌다 생활비가 없어서 전화하면 전화조차도 잘 받지 않았다. 윤희는 답답한 마음에 회사 직원에게 전화하면 남편은 늘 외근 중이라고 했다. 가을비가 축축이 내리던 날 윤희는 멍하니 창밖의 빗줄기를 바라보는데 무언가 빠르게 스쳤다. 혹시 남편에게 다른 여자가 있을까. 여자가 아니라면 도박에 빠진 건 아닐까. 불길한 생각이 들었다. 사업은 나날이 번창한다는데 왜 생활비는 넉넉하게 주지 않는지. 윤희는 이런저런 잡생각에 빠졌다가 고개를 휘저어 버렸다. 금요일 이른 아침 핸드폰이 울렸다.

“어음을 막지 못하면 부도가 날 수 있어. 장모님한테 돈 좀 융통해 와. 원금하고 이자는 늦어도 한 달이면 줄 수 있으니까. 부탁이야.”

뜬금없는 남편 전화에 어처구니가 없었다. 생활비 때문에 전화하면 냉정하게 무시하던 사람이 갑자기 살려달라니. 핸드폰을 꺼버렸다. 윤희는 오전 9시가 넘어서 사무실 여직원에게 전화했다.

“회사에 무슨 일 있나요?”

“사모님, 사장님이 무리하게 대출을 받았어요. 요즘 건축 경기가 불황이라 연립주택 매매가 이루어지지 않았어요. 그러다 보니 돌아오는 어음을 막지 못해 부도가 날 것 같아요.”

남편은 한 달이 넘어도 소식이 없더니 쭈룩쭈룩 비가 내리던 밤에 남편은 구질구질한 잠바를 걸치고 비에 젖고 술의 노예가 되어 초인종을 눌렀다. 현관문을 열어 준 윤희는 아무것도 물어보지 않았다. 남편은 며칠 동안 밤낮으로 술을 퍼마시다가 자리에서 벌떡 일어나 무당이 춤을 추듯 미쳐 날뛰기도 했다. 한 달 두 달 석 달이 지나자, 그 거만하던 성질머리가 서서히 누그러졌다. 남편은 소갈머리 없이 소주를 들이마시고 윤희 몸을 더듬기도 했다. 윤희는 소름 끼치도록 무섭고 역겨웠다. 남편의 초라한 모습이 시간이 흐를수록 윤희를 더 힘들게 했다. 매일 술에 절어 살던 남편에게 일당 일을 하자고 지인이 찾아왔다. 구세주 같았다. 남편은 술을 멀리하고 현장을 찾아다니며 일을 다니기 시작했다. 남편은 일당을 받아서 윤희에게 주었다.

아들은 결국 축구 선수가 되지 못했다. 국가대표를 하기에는 실력이 부족하다고 스스로 선수 생활을 접었다. 아들은 전문대에 입학해 취업 준비를 했다. 하루하루 바쁘게 보내던 아들은 대학 졸업과 동시에 중소기업으로 취업했다. 자신이 선수 생활하면서 부모의 관심과 경제적인 혜택을 모두 받아 동생에게 피해를 줬다는 생각에 동생을 챙기려고 애썼다.

딸은 대학을 졸업하고 임용고시를 두 번 만에 합격해서 중학교 교사가 되었다. 딸은 교사가 될 때까지 윤희를 찾아오지 않았다. 눈이 펑펑 내리는 토요일 오후에 딸 전화를 받았다. 딸을 기다리는 내내 잔잔한 물결이 가슴속을 일렁거렸다. 현관으로 들어오는 딸은 과일 봉지를 들었고 그 뒤에는 키가 큰 남자가 서 있었다. 너무나 어색한 가족 상봉이었다. 얼음처럼 차가운 딸은 다짜고짜 키 큰 남자를 소개했다.

"저하고 결혼할 사람이에요."

"안녕하세요. 처음 뵙겠습니다."

"어서 오세요. 이쪽으로 앉으세요."

"결혼 날짜 잡히면 연락드릴게요."

딸은 소파에 앉지도 않고 그 남자 손을 잡고 현관문 쪽으로 걸어갔다. 남편은 불처럼 달아오른 얼굴로 소리쳤다.

"못된 년이 오지를 말던가. 왜 와서 속을 뒤집고 가는 거야."

유난히 답답하고 지루했던 겨울이 지났다. 봄은 희망을 주는 계절이라고 했던가. 윤희는 개천가에 있는 징검다리를 건너다가 아우성치는 피라미들을 보고 멈췄다. 투명한 물속에 새끼 피라미들이 헤엄치고 있었다. 이 많은 어린 피라미를 탄생시킨 어미들은 어디 있을까. 한참 보고 있노라니 새끼 피라미들이 어미에게 사랑을 듬뿍 받았는지 유난히 빛나 보였다. 벚꽃 잎이 잔잔한 바람에 날려 꽃길이 되었다. 가로수도 하루가 다르게 푸르름으로 물들던 날 딸아이가 왔다. 두 번째 방문이다. 대학, 직장, 결혼까지 20

대를 오롯이 혼자 힘으로 이겨내면서 외로웠던 지나간 날들의 아픈 이야기들을 소나기가 쏟아지듯 퍼부었다. 부모가 가장 필요했던 학창 시절에 사랑으로 감싸주지 못한 날들이 딸에게 미안했다.

"두 번 다시 가족을 보고 싶지 않았어. 그런데 남자친구가 우리도 앞으로 자식을 낳고 살 텐데 나중에 후회할 일 만들지 말자고 수없이 나를 설득했어."

윤희는 딸 손을 살그머니 잡았다. 딸은 뿌리치지 않았다. 윤희는 가만히 딸을 안았다. 딸은 윤희 가슴에 얼굴을 묻고 숨죽여 흐느꼈다.

"고등학교 다닐 때, 야자 끝나면 다들 엄마 아빠가 마중 나와 있었지. 나는 3년 동안 단 한 번도 정문 앞에서 부모님을 본 적이 없었어. 심지어 졸업식에 꽃다발 들고 찾아오는 아빠도 나에겐 없었어. 그때 난 열아홉이었어. 가족의 무심함에 아빠의 무관심에 큰 상처를 받았고, 그때부터 마음을 닫아버렸어. 정말 가족이 너무 싫었어."

"그때, 아빠는 가족의 소중함을 몰랐다. 미안하구나."

딸은 아빠를 보지도 않고 고개를 돌려버렸다.

"엄마, 남자친구는 가족이 없어. 부모님과 여동생이 유럽 여행 갔다가 사고로 돌아오지 못했다고 해. 유년 시절 부모님 사랑과 추억이 묻어 있는 집에서 시작하고 싶다고 해서 결혼하면 그곳에서 살 거야. 남자친구가 엄마에게 전해 달라고 이 봉투를 주었어. 아빠와 오빠 정장 한 벌씩 사줘. 엄마 한복은 내가 해드릴게. 엄마는 사위한테 시계 하나 사줘. 엄마가 사주는 거처럼."

딸은 또 다른 하얀 봉투를 두고 일어섰다. 윤희는 말없이 딸만 바라보았다. 하룻밤만 자고 가라고 붙잡고 싶었지만, 용기가 나지 않았다. 가족에게 맺혔던 아픔이 한두 번의 만남으로 다 풀릴 수 있다면 얼마나 좋을까.

산야가 녹음으로 짙어가던 날 딸이 식장으로 들어왔다. 딸은 들국화 꽃처럼 화사했다. 부모에게 받지 못한 사랑! 남편한테 듬뿍 받으라고 윤희는 간절한 마음으로 기도했다. 윤희는 신혼여행 떠나려는 딸 모습을 지켜보고 있었다. 사위가 뛰어와서 윤희를 꼭 안았다.

"어머님, 예쁜 따님 주셔서 감사합니다. 여행 다녀와서 찾아뵙겠습니다."

가슴이 벅차고 고마웠다.

윤희는 딸이 궁금했다. 아기자기하게 꾸며놓고 사는지, 요리는 잘하는지, 힘든 일은 없는지. 시시콜콜한 것들이 궁금하지만 쉽사리 전화번호를 누르지 못했다. 딸이 결혼하자 아들도 결혼할 여자를 데리고 왔다. 자그마한 키에 오목조목 이목구비가 뚜렷하고 예뻤다. 여자친구는 꽃바구니를 윤희에게 내밀었다.

"안녕하세요."

"어서 와요. 꽃이 참 예쁘네요."

아들은 뭐가 그리도 바쁜지 소파에 앉자마자 여자친구 이야기를 늘어놓았다.

"엄마, 여자친구는 고향이 일본이에요. 지금은 학원에서 일어를 가르치고 있어요."

윤희는 과일과 차를 식탁 위에 놓았다. 아들은 여자친구의 이야기를 끝없이 펼쳤다.

단풍잎이 거리마다 뒹구는 짙은 가을에 아들이 결혼했다. 윤희는 지나온 날들이 눈물이 되어 안경 사이로 흘러내렸다. 식장을 나오는데 딸아이가 윤희 손을 꼭 잡았다.

"엄마, 신혼여행 다녀와서 종합검진을 받았는데 위암 3기 판정을 받았어. 수술받고, 항암치료 할 때 엄마 생각이 많이 났지만 미안해서 말 못 했어. 엄마한테 독하게 굴어서 아픈 거 같았거든. 엄마, 이제라도 여행 다니면서 즐겁게 살자. 엄마도 벌써 환갑을 바라보고 있잖아."

언제 무슨 일이 있었는가 싶을 정도로 딸은 태연하게 속삭였다. 딸이 항암 치료할 때 곁에서 도와주지 못한 게 마음이 아팠다. 지인들이 늘 말했다. 나중에 후회하지 말고, 자녀들이 부모를 간절하게 필요로 할 때 옆에 있어 주는 게 중요하다고. 가족들과 아픈 상처만 있고 아름다운 추억이 떠오르지 않는 윤희의 마음은 공허하기만 했다.

비가 지지하게 내리는 새벽 어르신 집에 도착했다. 초인종을 눌러도 아무 반응이 없다. 이 시간이면 어르신이 문 앞에서 기다리고 있는데, 불안한 생각이 들었다. 문을 쾅쾅 두드렸다. 옆집 아저씨가 문밖으로 나오더니 이른 아침에 예의도 없다고 버럭 화를 냈다.

"죄송합니다. 저는 어르신 요양 보호사로 일하고 있어요. 초인종을 눌러도 대답이 없어서 불안한 마음에 그만 소란을 피웠습니다. 아무래도 어르신에게 무슨 일이 생긴 거 같아요. 도와주세요."

아저씨는 문을 닫고 들어갔다. 잠시 후, 아저씨는 119에 신고했으니 조금 기다리라고 했다. 윤희는 핸드폰을 보니 5시 30분이 넘어가고 있다. 10분 정도 지나자 119가 도착했다. 구급대원의 도움으로 문을 열고 들어갔다. 어르신은 안방 침대 위에 싸늘한 주검으로 누워 있었다. 경찰은 어르신 핸드폰에 입력된 자식들 전화번호를 차례로 눌렀다. 1시간, 2시간이 지나자 아들, 며느리 그리고 딸이 도착했다. 자식들은 그리 슬퍼하지 않았다. 밤이면 혼자 외로움과 싸우며 살았을 어르신이 떠올랐다. 어르신을 모시고 장례식장으로 향하는 차를 물끄러미 바라보다가 윤희는 뒤돌아섰다. 왜 그렇게 허탈하고 씁쓸한지.

"내가 죽으면 아파트와 부의금으로 싸움이나 안 하려나

몰라. 나쁜 새끼들!"

윤희는 어르신을 보내고, 일자리를 바로 찾지 않았다. 엄마 생각에 고향으로 내려갔다. 언제 와도 엄마 품처럼 포근한 바다! 무슨 말을 해도 다 안고 가는 저 파도! 엄마처럼 살기 싫다고 욕심에 가득 차서 결혼한 것을 한없이 후회했다. 고향을 떠나 수십 년이 훌쩍 지나서 교사로 근무했던 초등학교를 찾아갔다. 앙증맞은 손으로 줄 처진 노트에 삐뚤빼뚤 받아쓰기하던 아이들이 아른거렸다. 그 아이들도 달리는 세월 따라서 어른이 되어 곳곳에서 희망에 부푼 꿈을 꾸며 살고 있겠지. 그 꼬마들이 떠오르고 그 시절이 그리웠다.

평생 가족을 위해서 살았던 엄마의 손때가 묻고 추억이 가득한 매운탕 식당은 보이지 않았다. 신축 건물에서 둘째 언니가 앞치마를 두르고 엄마처럼 식당을 하고 있었다. 넓은 바다와 철썩이는 물보라는 변함없는데 엄마의 모습은 어디서도 볼 수 없었다. 윤희는 엄마가 자주 가던 절로 향했다. 첫눈이라도 내리려나 먹구름이 하늘을 품어가고 있었다. 한참을 걸어서 해가 질 무렵에야 절에 도착했다. 법당에 한참을 앉아 있었다. 스님이 법당 안으로 들어왔다.

"보살님, 밖이 찹니다. 차 한잔하면서 몸 녹이고 내려가세요."

윤희는 스님이 거처하는 방으로 들어갔다. 스님은 뜨끈한 생강차 두 잔과 한과를 가지고 왔다.

"스님, 요새 부쩍 새소리와 바람 소리 들으면서 살고 싶습니다."

"요즘 답답한 일이 있으시나 봅니다. 허나 여기는 생각보다 외롭고 고독한 곳입니다. 속세를 떠난다는 게 생각보다 쉬운 일이 아닙니다."

윤희는 지나가 버린 허무한 삶을 이야기하려다 유년 시절에 엄마 옷자락을 움켜쥐고 법당에 왔던 추억들을 늘어놓았다. 밤이 깊어가고 있었다. 윤희는 자리에서 일어났다.

"보살님, 어둡고 밤이 깊었어요. 동이 트면 내려가세요."

여승이 윤희 손을 잡았다. 윤희는 어쩌면 잡아 주기를 간절히 원했는지도 모른다. 아니 그랬다. 여승은 마른 체구에 입술이 도톰하고 동그란 눈동자가 빛나고 키가 아담했다. 윤희는 요 위에 누웠지만 잠이 오지 않았다. 가끔 스쳐 가는 바람이 창문을 두드렸다. 먼동이 트자 배낭을 어깨에 걸치고 법당으로 올라갔다. 윤희는 내가 가야 할 길을 인도해 달라고 부처님에게 간절하게 기도했다. 윤희는 여승에게 합장으로 인사하고 산등성이를 향해 올라갔다. 타오르는 일출의 빛이 희망을 주는 것 같았다. 산에서 내려와 둘째 언니 식당에서 아침을 먹고 출발했다.

남편은 윤희를 반갑게 맞아 주었다. 하지만 윤희는 30년을 훌쩍 넘기고 빈털터리가 돼서야 살갑게 다가오는 남편에게 쥐꼬리만큼도 정이 가지 않았다. 그저 이 굴레에서 벗어나고 싶었다. 대화가 필요했다. 문득 해남에서 엄마가 끓여준 꽃게 전골이 스쳤다. 윤희는 부리나케 시장으로 갔다. 그리고 꽃게와 부재료를 샀다. 꿈틀거리는 꽃게를 냄비에 넣고 가스 불을 켰다. 냄비 속에서 살겠다고 아우성치는 꽃게들의 몸짓이 윤희 마음 같았다. 윤희는 식탁 위에 꽃게 전골과 소주잔을 놓았다. 윤희는 단숨에 술 한 병을 물처럼 마셨다. 남편도 말없이 홀짝거렸다. 술에 취한 윤희는 가슴이 타오르면서 무서운 게 없다.

"당신과 이혼하고 싶다. 그런데 꼭 알고 싶은 게 있어. 정말 나를 아내로 생각했다면 진실을 말해주면 좋겠어. 왜 신혼 때 형수한테 쩔쩔맸어? 형수 딸이라면 왜 그렇게 발 벗고 나섰던 거야? 내 자식보다 왜 형수 딸에게 지극정성을 쏟았어? 사업은 번창한다면서 생활비는 왜 주지 않았어? 당신 인생에서 1순위가 가족이 아니라 왜 형수였어?"

"결국 내 곁을 떠나고 싶다 이거지? 가고 싶으면 가야지. 암 그래야지."

남편은 빈정대면서 담배를 입에 물고 불을 붙였다. 담배 연기를 안개처럼 흩어 날리고 내 질문에 답을 하기 시작했다.

"형이 대학 다닐 때 아르바이트를 했던 현장에서 처음 형수를 만났어. 형수는 형을 동생처럼 생각하고 일당도 더 챙겨주었대. 아르바이트 마지막 날 형수는 형을 회식 자리에 데려갔어. 바로 그날 뜻하지 않은 일이 생겼대. 형은 술에 취한 형수를 집에 데려다주려고 택시를 탔는데 갑자기 형수가 호텔로 가자고 했대. 호텔에서 형수는 형에게 미친 듯이 구애하면서 뒹굴었어."

"아르바이트하는 대학생을 데리고? 형수가 미쳤구나."

"그날 밤, 형수는 형을 밤새도록 가만히 두지 않았대. 다음 날 형이 샤워하는데 코피가 쏟아졌다네. 며칠 후 형수는 10년 연하인 형에게 결혼하자고 했대. 그 순간 형은 힘들게 사는 엄마가 생각났나 봐. 형수는 여자다운 모습은 찾아볼 수가 없지만, 사업가의 외동딸이라는 게 형 마음을 움직였대. 결국 형은 재산을 보고 결혼을 결심했어. 형수 아버지도 현장에서 일하는 형이 마음에 들어서 딸에게 사업을 물려주었나 봐. 그때는 건축 경기가 호황기여서 사업은 나날이 번창했다고 하더라. 형은 대학생인 내가 형수 회사에 들어오기를 원했어. 형은 결혼하고 1년을 넘기지 못하고 현장 3층 건물에서 추락해 의식불명으로 두 달 동안 병원에 있다가 숨을 거두었어."

"와, 30년을 넘게 살면서 처음 들어보는 이야기네."

"아버지는 내가 일곱 살 때 돌아가시고 어머니는 형이

가고 6개월을 넘기지 못하고 형 곁으로 갔어. 나는 가족 모두를 잃은 고아가 되어 버렸어. 그때 형수가 대학생인 나에게 형 일하던 자리를 떠맡겼어. 내 전공은 아니지만, 건축업이 적성에 맞더라고. 그래서 형수 회사에서 일하게 되었어. 현장에서 직접 보는 형수는 능력 있는 사업가더라. 매일 형수와 현장에서 있다 보니, 정이 들었고 결국 넘지 말아야 할 선을 넘어 버렸어. 그리고 몇 달 후 형수가 임신했어. 형수는 임신한 소문이 돌까 봐. 아이를 낳을 때까지 두문불출했지. 당신이 봤던 형수 딸이 바로 그 아이야. 형수는 현장에서 근무하는 믿을 만한 직원에게 부탁했어. 순진하고 때 묻지 않은 아가씨를 나에게 소개해 주라고 했어. 당신을 소개해 주었던 그 직원이 당신 고향 옆집 언니의 남편이야."

"드라마 찍어? 기가 막히네. 미친년 때문에 내 인생이 엉망이 됐네. 새끼 키우면서 둘이 살면 됐잖아. 왜 나를 끌어들여? 내 인생 어떻게 보상할 거야? 이 미친놈아!"

윤희는 가슴이 터져버릴 것 같았다. 남편과 형수 사이에 무언가가 있을 거라는 느낌은 있었지만, 이렇게 어마어마한 사건이 숨겨져 있을 줄은 몰랐다. 분노와 설움이 복받쳤다.

"나는 형수의 숨겨진 남편이었어. 형수가 시키는 대로 하고 형수에게 모든 걸 집중해야 했어. 그래야 쥐꼬리만

한 월급이라도 받아서 당신에게 줄 수 있었으니까. 내가 신중하게 일 처리를 못 해서 부도가 나고 말았어. 형수는 서둘러서 자기 몫만 챙겨서 딸을 데리고 베트남에 있는 동생 곁으로 떠났어. 그때야 깨달았어. 나는 형수네 가족도 아니고 당신 가족도 아닌 낙동강 오리알 신세라는 걸. 돈도 가족도 아무것도 남은 게 없는 빈털터리. 내 인생도 엉망이다. 당신 붙잡지 않을게. 아니, 내가 무슨 염치로 당신을 붙잡을 수 있겠어. 지금까지 나와 살아온 인생을 보상할 수 없지만 당신 가는 길을 방해하지 않을게. 미안하다. 윤희야."

마루가 꺼지도록 한숨을 쉬고 허공을 바라보던 남편 눈가는 축축이 젖어 있었다. 남편은 탁자 모서리를 잡고 간신히 일어나더니 옷 방으로 비틀비틀 걸어갔다. 남편은 방바닥 장판을 들추고 보라색 통장을 꺼내서 탁자 위에 놓았다.

"큰돈은 아니지만 속죄하는 마음으로 저축한 거야. 내일이라도 떠나."

남편은 식탁 밑으로 드러누워 버렸다. 윤희는 남편을 간신히 부축해서 침대 위에 눕히고 이불을 덮어 주었다.

한바탕 태풍이 지나간 거 같다. 지울 수만 있다면 뜨겁게 달아오른 다리미로 이 모든 것들을 싹싹 문질러 버리고 싶다.

'어디서부터 다시 시작해야 할지.'

간신히 잠이 든 윤희는 정겹게 들리는 알람 소리에 눈을 떴다. 윤희는 남편 곁에 통장을 두고 무작정 집을 나섰다.

기막힌 선택

기막힌 선택

"밥 먹기 싫어. 물이나 다오."

"엄마, 그러지 말고 조금만 드세요."

엄마는 음식을 수저로 휘젓고 바닥으로 수저를 내팽개쳤다. 떨어진 수저를 줍는 사이 엄마는 양손으로 밥과 반찬을 주물러 얼굴에 덕지덕지 붙이면서 입으로 넣고 있다. 평상시 밥 한 톨 버리지 못하던 깔끔한 엄마가 왜 이런 모양새로 전락했을까.

엄마는 유방암 수술을 했다. 매년 추적검사 결과는 좋았다. 엄마는 수술하고 5년이 지나서 종합검진을 받았다. 결과를 보러 가던 날 엄마는 내 손을 잡고 아이처럼 좋아했다. 엄마는 그날 암 치료가 완치되었다는 의사의 말을 듣고 싶었을 것이다. 그런데 의사는 너무 뜬금없는 말을 던졌다. 의사는 모니터를 보여주면서 암이 다른 장기로 전이되었다고 했다. '아, 어쩌라고 어찌하라고 이토록 엄마를 힘들게 할까.' 경옥은 세상이 원망스러웠다. 엄마는 덤덤하게 물었다.

“의사 양반 또 수술해도 살 수 있나요? 할 일이 아직 남아 있어요.”

“열 번이 넘게 수술한 환자도 있어요. 며칠 전 그 환자가 내원했는데 건강했어요. 걱정 안 하셔도 됩니다.”

경옥은 먹먹한 가슴을 움켜쥐고 진료실을 나왔다. 엄마를 의자에 앉히고 직원을 찾아가 수술 날짜를 잡았다. 엄마는 5년 전 수술할 때와 다르게 마음을 비워 버린 것 같았다. 항암치료를 받으면서 힘들어하던 엄마는 느닷없이 얼굴도 모르는 아버지를 들먹였다. 어떤 날은 심한 육두문자를 쓰기도 했다. 비가 오는 날이면 어김없이 할머니를 찾기도 한다. 경옥은 혼자라는 게 무섭고 두려웠다. 설마 아니겠지. 하면서 엄마 치매 검사를 했다. 놀랍게도 엄마는 치매가 진행되고 있었다.

경옥은 투병 생활하는 엄마 때문에 꿈을 접어 버렸다. 경옥은 엄마를 휠체어에 태우고 병원 산책길로 나왔다. 청명한 하늘을 쳐다보면서 유년 시절의 추억을 더듬었다. 하얀 도화지를 펼쳐놓고 파란 크레용으로 하늘을 색칠하고 군데군데 회색 크레용으로 구름을 색칠하면 내 새끼 잘 그린다고 엉덩이를 토닥토닥하던 엄마!

엄마는 햇살에 미간을 찌푸리면서도 밖이 좋은 모양이다. 투정 부리고 떼쓰는 모습이 영락없이 어린아이처럼 변모해가고 있다. 경옥이가 휠체어를 밀고 있는데 앞에서 휠체어를 밀고 가던 남자가 뒤돌아서서 말했다.

"아버지가 물을 찾으세요. 아버지 잠시만 부탁합니다."

그 남자는 병원 입구로 뛰어갔다. 경옥은 그 남자 아버지 곁으로 휠체어를 밀었다. 그 남자는 헐떡거리며 달려와서 아버지에게 물을 주었다.

"고맙습니다."

"별말씀을요."

경옥은 엄마를 내려다보았다. 엄마는 눈을 감고 있었다. 햇빛이 눈이 부신 모양이다. 경옥은 얼굴도 모르는 아버지가 그리웠다. 경옥이가 대학 입학하던 날, 엄마는 기분이 좋은지 막걸리를 마시고 처음으로 아버지 얘기를 들려주었다.

어느 봄날이었다. 엄마는 밭에서 씨앗을 뿌리고 겨우내 얼어 죽은 잡초들을 뽑고 있었다. 약수터를 가던 사촌오빠가 같이 가던 친구를 엄마에게 소개했다.

"오빠 친구야. 인사해."

"안녕하세요. 저는 오빠 동생 이설이에요."

"반가워요. 강동식입니다."

엄마는 수줍어서 오빠 친구를 쳐다보지 못했다. 오빠는 친구와 약수터로 가고 있었다. 동식은 자주 오빠 집을 드나들었다. 어둠이 내리는 저녁 무렵 엄마가 냇물에서 빨래

하고 있는데 동식이가 다가와 이야기를 주절주절 늘어놓았다. 입담이 좋은 동식이가 오빠처럼 거부감이 없었다.

동식이는 자주 달빛을 받으며 엄마를 냇가로 유도했고 엄마는 겁도 없이 밤이 깊은 줄도 모르고 동식이 이야기 속에서 헤어나지 못했다. 동식은 매일 밤 어둠을 몰고 왔다. 동식은 엄마와 가까워지자, 할머니가 잠든 사이 뒷간에 덕석을 깔고 정사를 치르고 사라졌다. 어떤 날은 할머니가 들에 나간 틈을 타 요때기를 펴고 방에서 뒹굴기도 했다. 그렇게 서너 달을 자주 오던 동식이가 마을에 오지 않았다. 엄마는 무작정 기다릴 수밖에 없었다. 동식이는 보름이 지나서 늦은 밤에 엄마를 찾아왔다. 동식이는 가을에 결혼하자면서 너스레를 떨었다. 순진한 엄마는 그 말을 철석같이 믿고 뒷간으로 따라가 마지막 성욕을 채우게 해주었다.

엄마는 부풀어 오르는 배를 헝겊으로 감싸고 매일 냇가에서 기다렸지만, 종무소식이었다. 마을 아주머니들은 처녀가 애를 가졌다고 숙덕거렸다. 엄마는 그 아픔을 참아내고 딸아이를 낳았다. 엄마는 죄인처럼 말이 없어졌고 마을 사람들 앞에 서기를 두려워했다. 무더운 날이었다. 아주머니들과 콩밭 김매기 품앗이를 하는데 현수 엄마가 시장에서 들은 얘기를 했다. 동석이 이야기였다.

"부모가 학교 선생이고 마을에서 내로라하는 부잣집 아

들이 마을마다 다니면서 순진한 처녀들만 골라서 안 건드린 처자가 없다네. 자식 교육은 빵점이라고 저번 장날 갔더니 여기저기서 아줌마들이 모여 숙덕이더라."

"아주머니, 그 청년은 어디에 살아요?"

"진 골짝 마을이라고 하던데 그건 왜 묻는 거야?"

"나쁜 사람 같아서요."

엄마는 마음이 급했다. 호미를 밭고랑에 두고 진 골짝 마을을 찾아갔다. 마침 나무 대문을 밀치고 아저씨가 들어갔다. 엄마도 재빠르게 대문 안으로 들어갔다. 아저씨는 느닷없이 들어온 엄마를 쳐다보고 물었다.

"누구요?"

"혹시 여기에 강동식이가 살아요?"

"그놈을 왜 찾아요? 이 아비도 보기 힘든 놈이요. 더 말하고 싶지 않아요."

아저씨는 냉정하게 말하고 마루로 올라가 버렸다.

엄마는 냇가에 앉아서 가슴을 쳤다. 냇물은 여전히 흐르고 있다. 엄마는 답답한 마음에 사촌 오빠를 찾아갔다.

"오빠, 동식이 소식 알아?"

"동식이? 부천에서 큰 사업을 한다더라. 나도 친구들을 통해 동식이 소식 듣고 있어. 오빠 잘못이다. 정말 미안하다."

"오빠, 동식이 주소라도 가르쳐 줘. 그냥 한 번만이라도 만나보고 싶어."

엄마는 주소를 가지고 이른 아침 무작정 동식을 찾아갔다. 동사무소에서 주소의 집 위치를 확인하고 묻고 물어서 집을 찾았을 때는 해가 서산에 걸쳐 있었다. 시골에서는 흔하지 않은 웅장한 기와집이었다. 엄마는 사방을 둘러보았다. 저 건너 밭에서 일하는 아주머니에게 다가가 물었다.

"죄송합니다. 사람을 찾아왔어요. 아주머니, 혹시 저 건너 기와집에 대해서 아는 게 있으신지요?"

"기와집 말이요? 내가 일주일에 두세 번 파출부로 일하는 집인데 사모님을 찾아왔어요?"

"예. 언제쯤 들어와요?"

"해가 넘어가야 차가 들어옵디다."

"고맙습니다."

엄마는 캄캄해질 때까지 기와집 근처를 서성거렸다. 해가 지고 어둠이 깔리자, 자동차 소리가 들렸다. 엄마는 재빨리 기와집 옆 골목으로 갔다. 자동차 문이 열렸다. 그렇게 애타게 기다렸던 동석이가 내리고 여자가 내려서 대문으로 들어갔다. 엄마는 감히 동식을 부를 자신이 없었다. 엄마는 슬금슬금 어둠을 안고 그 골목을 나왔다. 동식의 배신감에 전신이 부글부글 끓었다. 그날 밤 엄마는 끙끙 앓아누웠다. 3일 만에 일어난 엄마는 마을을 떠나기로 마음먹었다. 엄마는 할머니에게 전답을 팔아서 돈을 해달라고 간절하게 청했다. 할머니는 전답 일부를 팔아서 엄마에게 주었다. 엄마는 평택으로 딸을 데리고 왔다. 그리고 초등학교 부근에 분식 가게를 열었다. 학생들이 좋아하는 떡볶이, 어묵, 만두, 김밥으로 장사를 시작했다. 여름에는 냉면과 콩국수를 새로운 메뉴로 내놓았다. 가게는 해가 갈수록 번창했다. 아주머니 2명을 두어도 언제나 손이 모자랐다. 30년이 넘게 억척을 부리던 엄마는 할머니 전답을 팔고 그동안 저축한 돈으로 건물주가 되었다.

경옥은 심리학 교수가 되고 싶었다. 어느 날 밤 용기를 내어 엄마에게 넌지시 물었다.

"엄마, 미국으로 유학 가고 싶어."

엄마는 대답하지 않았다. 다음 날 아침 엄마는 굳은 표정으로 물었다.

"밤새 생각했다. 유학을 보내야 한다고 가슴은 말하는데 엄마가 외로워서 안 되겠다. 여기서 공부하면 안 되겠냐?"

그런 엄마를 두고 유학을 떠날 수 없었다. 경옥은 졸업하고 연구소에 취업했다. 어느 날, 출근해서 자리에 앉으려 하는데 옆 직원이 전화 수화기를 주면서 급한 일이 있는 거 같다고 했다.

"여보세요."

"경옥 아가씨, 엄마가 쓰러졌어."

아주머니의 다급한 목소리가 들렸다. 경옥의 가슴은 뛰었다. 119로 전화해서 중앙병원으로 가 달라고 부탁했다. 운전대를 잡은 손은 사시나무잎처럼 바르르 떨렸고 다리는 후들거렸다. 병원에 도착했다. 엄마는 검사 중이었다. 다음날 그 병원에서 근무하는 선배를 찾아갔다.

"선배, 엄마 상태가 어떤지 말해줘."

"엄마 차트를 봐야 알아. 조금만 기다려봐."

선배는 차트를 보고 모니터를 찬찬히 들여다보았다.

"유방암이 꽤 진행된 것 같아. 혈압도 있고, 영양실조라고 하네. 추가 검사가 있다고 해. 검사하고 그때 보자."

엄마는 유방암 수술을 하고 항암치료가 끝나자, 또다시 일을 시작했다. 가게에 손님은 왜 그렇게 많은지. 엄마는 하루하루를 바쁘게 보냈다.

엄마는 무엇을 위해서 돈을 벌려고 발버둥을 쳤을까. 명품 가방 하나 사들지 못하고. 아니, 백화점 옷 한 벌 사 입지 못하고 벌벌 떨었을까. 지금 그 돈이 무슨 필요가 있단 말인가. 딸에게 주려고 그렇게 힘들게 살았단 말인가. 경옥이 휠체어를 밀고 병실로 갔다. 그 남자도 휠체어를 밀고 오고 있었다.

"잠깐만요."

그 남자는 지갑을 꺼내어 명함 한 장을 주었다. 경옥은 명함을 받아서 바지 주머니에 구겨 넣었다. 저녁을 먹고 엄마는 슬며시 잠이 들었다. 경옥은 병실을 나왔다. 산책로를 걷다가 나무 의자에 앉아서 하늘을 쳐다보았다. 북두칠성이 선명하게 빛나고 있다. 아무 이유도 없이 경옥은 금세 눈가가 촉촉해졌다. 그때 명함을 주었던 그 남자가 성큼성큼 다가왔다. 그 남자는 경옥에게 물었다.

"여기 앉아도 될까요?"

"그럼요."

"혹시나 하고 나왔어요. 많이 뵙고 싶었거든요. 저는 안석호라고 합니다."

"예, 경옥이에요."

경옥은 뜻하지 않게 엉거주춤 인사를 했다.

"어머니가 어디 편찮으신가요?"

"이 병원은 아니지만, 병원 생활을 한 지 10년이 넘었어요. 암 수술을 두 번이나 하고, 청력이 나빠져서 잘 듣지도 못하시더니 이젠 말도 어둔해지셨어요. 그저 눈빛으로 알지요."

휠체어를 밀면서 자주 지나쳐서 그런지 대화가 어색하지 않았다.

"소설 같은 우리 가족 이야기해도 될까요?"

"가슴에 품고 있는 사연을 쏟아내면 속이 시원하더라구

요. 얘기해 보세요."

"오래전에 저희 집안에 우환이 있었어요. 그 충격으로 아버지는 말문이 닫혔지요. 시간이 지나면 괜찮으려니 했는데 아버지는 말을 하려고 하지 않았고 날이 갈수록 더 심각해져서 지금은 기대도 안 해요."

"아, 네."

"저는 중학교에서 국어를 가르치는 선생이었어요. 가족은 할머니와 부모님, 여동생과 남동생이 있었어요. 아버지가 정육점을 하셔서 우리 가족은 부유하지는 않았어도 부족함 없이 행복하게 살았어요. 12년 전 참으로 기막힌 일들이 있었어요. 비가 자박자박 내리는 무더운 날 점심 먹고 교무실로 들어가는데 전화가 왔어요."

"전화요?"

경옥은 엄마가 쓰러졌다는 전화를 받았을 때 놀랐던 순간이 스쳤다. 석호는 담배 연기를 길게 뿜어내듯 긴 숨을 내뱉었다.

"고등학교 다니는 여동생이 학교 보수공사하고 남은 자재들을 쌓아둔 곳을 지나는데 그 자재가 여동생의 머리로 떨어졌어요. 여동생은 머리가 크게 손상되어서 수술도 못 하고 중환자실에서 3일 만에 숨을 거두었어요."

경옥은 자리에서 일어났다. 석호도 몸을 일으켰다. 그들은 산책로를 걸었다. 간간이 스쳐 가는 미풍이 얼굴을 스쳤다.

"아! 꽃봉오리가 피어보지도 못하고 안타까워서 어떡해요."

"여동생 떠나고 1년이 지난 것 같아요. 가랑비가 추적추적 내리는 스산한 오후였어요. 어머니가 횡단보도를 건너다 달리던 택시에 치여서 현장에서 운명했어요. 현장에서 어머니를 목격한 아버지는 말이 없었어요. 너무 기막혀서 그런 줄 알았어요. 의사는 일시적이라고 기다려 보자고 했어요. 하지만 아버지 목소리는 지금까지 들을 수 없어요. 세상이 무서웠어요. 할머니는 며느리를 보내는 슬픔을 아는지 모르는지 시름시름 몸이 쇠약해지더니 93세에 아카시아꽃 향기가 그윽한 날 어머니 곁으로 가셨지요. 3년 가까이 보내면서 가족 3명을 보내고 빙글빙글 돌아가는 머리통을 붙잡고 몸서리를 쳤지요. 저는 교단에서 학생들을 지도할 자신이 없었어요. 저에게 꿈이었던 교사직을 접었어요."

석호는 걸어가던 길을 멈추고 멍하니 하늘을 올려다보았다. 구름 사이로 달빛이 희미하게 비추고 있었다.

"저는 교사가 되어서 성악을 전공한 대학생과 결혼했었어요. 아내는 저와 성정이 너무 달랐어요. 외동딸인 아내는 오로지 자신밖에 몰랐어요. 아내는 성악가로 성공할 거라는 의지가 대단한 열정파였지요. 저는 아내에게 이혼을 권할 수밖에 없었어요. 그 길이 아버지를 보살필 수 있는 최선의 길이였으니까요. 저는 아내와 이혼하기까지 무척 힘들었어요. 무직인 남편과 아버지의 상태를 파악하고 아내는 유학을 선택했지요."

아내의 꿈을 위해서 이혼하다니, 경옥은 석호가 대단한 사람으로 보였다.

"그날도 비가 내린 거 같아요. 동생이 근무하던 현장에서 전화가 왔어요. 동생이 사고로 병원으로 이송 중이라고 했어요. 저에게 피붙이는 유일하게 그 동생밖에 없거든요. 그 순간 여동생, 어머니, 할머니, 아버지의 모습이 번개처럼 지나갔어요. 정말 무서웠어요. 운전할 용기가 없어서 택시를 타고 병원에 도착했어요. 다행스럽게도 동생은 어깨와 다리에 심한 타박상을 입었더군요. 죽지 않고 살아있는 동생이 그렇게 고마울 수가 없었어요."

경옥은 숨죽여 듣고 있었다. 무슨 말을 해야 할지 도무지 생각이 나지 않았다.

"엄마 소변 받을 시간이 지나서 병실에 가야겠어요."

경옥은 석호에게 양해를 구하고 병실로 뛰었다. 염려했던 대로 엄마 침대 시트는 오줌으로 흥건하게 젖어 있었다. 침대를 말끔하게 정리하고 뜨거운 물에 수건을 축여서 엄마 마른 입가와 입술을 닦아 주었다. 엄마는 실눈을 뜨고 말했다.

"내 딸 힘들게 하는구나."

정신이 좀 맑아지면 어둔하게 말하는 것을 경옥은 알아들을 수 있었다. 엄마는 깊은 잠에 빠져들었다. 경옥은 엄마 옆 간이침대에 몸을 눕혔다.

다음날 경옥은 엄마가 좋아하는 밑반찬과 옷가지를 챙겨 병원으로 향했다. 석호가 병실로 들어가는 입구 의자에 앉아 있었다.

"엄마 상태를 확인하고 내려올게요."

경옥은 반찬을 냉장고에 넣고 엄마 곁으로 갔다. 엄마는 깊이 잠들어 있었다. 경옥은 석호 있는 곳으로 갔다. 편의점에서 음료수를 사 들고 한적한 나무 밑 의자에 앉았다.

"어제는 결례가 많았습니다. 아버지 옆 간이침대에 누워서 생각이 많았어요."

"무슨 생각을 하셨나요?"

"외람되지만 친구가 되면 어떨까 하는 생각요."

"그게 뭐 어려운 일인가요. 병원에서 늘 보고 있잖아요."

석호는 옅은 미소를 날렸다. 석호는 10년 동안 병원에서 만났던 환자 보호자들의 크고 작은 이야기를 들려주었다.

"보호자 사연 속에는 저보다 더 큰 아픔도 있었어요. 아버지 옆 환자는 건물도 있고 전답이 2만 평이 있었데요. 아버지가 95세이고 노환으로 입원한 사이 아들이란 인간이 건물하고 전답을 급매로 팔아서 내연녀와 바람처럼 사라졌대요. 그 사실을 알면서도 시아버지가 운명할 때까지 자리를 지키는 며느리도 보았어요. 세상이 제아무리 변한다 해도 아직도 그런 효부가 존재하고 있었어요. 정말 존경스러웠어요."

가족을 먼 곳으로 보내고 오직 아버지를 위해서 살아가는 석호를 보면서, '이처럼 각박한 세상에 석호 같은 사람이 과연 얼마나 될까'라는 생각이 자신을 감쌌다.

어느 해 몹시 추운 날 엄마는 경옥을 남겨두고 운명하셨다. 석호는 장례식장 일을 차분히 처리해 주었다. 한 줌의 가루로 변한 엄마의 유골함을 받았을 때 그 슬픔이 가슴을 치고 엄마의 그리움이 아지랑이처럼 아른거렸다. 경옥은 엄마 유골함을 추모공원에 안장하지 않고 가슴에 품고 집으로 왔다. 엄마가 가장 아끼던 도자기에 안장하려고 속을 들여다보았다. 도자기 속에는 손바닥만 한 색동 천지갑이 있었다. 지갑을 열어 보았다. 둘둘 말아진 헝겊 속에는 순금 덩어리가 있었다. 엄마 삶의 목적이 무엇이었단 말인가. 한 달이 지나서야 경옥은 엄마 유품들을 만질 수 있었다. 구석구석 엄마의 손길이 묻어있는 상자와 서랍들을 열어 보았다. 장롱 아래 서랍 문을 열었다. 건물과 아파트 등기 서류가 있었다.

소유권자 최경옥

경옥도 엄마도 재산에 대해서는 함구했었다. 등기권리증 날짜를 보았다. 엄마가 처음 암 수술하고 1년이 지난 날짜였다. 엄마는 모든 재산을 경옥 앞으로 정리해 둔 것이었다.

석호는 경옥의 아파트를 자주 드나들면서, 핑크빛 사랑에 물들어갔다. 중년으로 접어든 그들은 그동안 못한 사랑을 퍼부었고 늘 혼미할 정도로 행복한 날을 보냈다. 경옥은 석호에게 취업하기를 권했다. 석호는 친구가 경영하는 무역 회사에 취업했다. 경옥은 석호의 아버지를 성심껏 보살폈다. 눈만 껌벅이는 석호 아버지를 보면서 엄마가 생각나기도 했다. 죽음을 앞둔 어르신들의 모습에서는 누추함만 확인할 뿐이었다.

경옥은 휠체어를 밀며 석호 아버지가 좋아한다는 나훈아의 '청춘을 돌려다오'를 소리 내어 불렀다. 석호 아버지는 눈을 감고 있었다. 경옥은 모이를 쪼아 먹던 비둘기가 창공으로 날아가는 것을 가리키며 석호 아버지에게 속삭였다.

"아버님, 벌떡 일어나 비둘기처럼 하늘 높이 날아보세요."

석호 아버지 무릎 위의 담요를 추스르는데, 아버지 고개가 축 처지고 손은 맥없이 축 늘어졌다. 석호 아버지는 그렇게 작고하셨다. 석호는 영정 앞에서 아버지를 쳐다보았다.

"아버지 고생 많으셨어요. 제 곁에 있어 주셔서 고마웠습니다."

석호는 아버지를 가족이 있는 추모공원으로 안장하고 경옥 엄마도 그곳으로 모셨다.

"이번 출장은 열흘이야. 속옷 좀 넉넉히 챙겨줘."

부엌에서 설거지하고 있는 경옥에게 석호가 말했다.

"어디로 가는데?"

"부산이야."

경옥은 별생각 없이 가방을 챙겨 승용차에 밀어 넣고 차에 올랐다. 석호를 기차역까지 배웅할 생각이다.

"요즘 날씨가 동장군이야. 건강 챙겨야 해. 끼니 거르지 말고."

"알았어. 도착하면 전화 줘."

경옥은 화원으로 갔다. 엄마가 좋아하는 안개꽃과 장미꽃 세 송이를 샀다. 엄마가 아끼던 주둥이가 작은 도자기에 꽃을 꽂았다. 엄마 얼굴이 안개꽃 속에서 웃고 있는 것 같았다. 경옥은 집 구석구석을 정리했다. 버려야 할 물건들이 두 자루가 넘었다. 석호가 도착했다는 전화를 받고 피곤했는지 경옥은 잠이 들었다. 그다음 날부터 석호는 전화하지도 받지도 않았다. 어쩐 일이지 내심 걱정이 되었다. 경옥은 어쩔 수 없이 석호가 다니는 회사로 전화를 걸었다.

"여보세요."

묵직한 남자 목소리였다.

"안녕하세요. 안석호 아내입니다. 출장 간 남편과 연락이 안 돼서요. 혹시 회사에 무슨 일이 있나요?"

"안 차장님 열흘 휴가 갔어요."

"휴가요?"

경옥의 마음이 어수선했다. 순간 무서운 생각도 들었다. 10일이 가까워도 통화하기가 어려웠다. 경옥은 답답한 마음에 절친인 은하에게 전화했다. 은하는 유방암 수술하려고 대학병원에 입원 중이라고 했다. 경옥은 화장품을 짙게 문질러 발랐다. 그래도 얼굴빛이 어두웠다. 검정 코트를 걸치고 빨간색 목도리를 둘렀다. 은하는 병원 입구에서 경옥을 기다리고 있었다. 그들은 휴게실 의자에 앉았다.

"경옥아, 세상에 남의 일은 없어. 뒤돌아서면 내가 겪어야 할 일인 것 같아. 며칠 전만 해도 옆집 아이 엄마가 암이라고 해서 마음 아파했는데 내가 암이라니."

"요즘은 암이 감기처럼 흔하다고 하잖아. 빨리 발견한 걸 다행으로 생각하자. 의술이 좋아서 걱정 안 해도 될 거야."

은하를 상대로 변방을 맴돌 듯 쓸데없는 수다를 떨었다. 은하를 병실로 들여보내고 9층에서 엘리베이터를 탔다. 뜻하지 않게 8층에서 환자복을 입은 석호가 사람들 틈에 끼여서 엘리베이터 안으로 들어섰다. 경옥은 빠르게 고개를 돌렸다. 부산에 있어야 할 사람이 환자복을 입고 엘리베이터를? 당혹스러웠다. 경옥은 숨을 죽이고 석호의 뒤를 따라갔다. 석호는 지하에 있는 편의점에서 뭔가 사 들고 한적한 2층으로 올라가 의자에 앉았다. 석호는 창밖을 바라보며 비닐봉지에서 빵과 물을 꺼내 먹었다. 석호는 평상시 밥보다 빵을 더 즐겨 먹었었다. 경옥은 가만히 걸어가 그 곁에 앉았다.

"석호 씨 맞아요? 여기가 부산인가요?"

경옥의 목소리에 석호는 소스라치게 놀랐다.

"당신이 여기를 올 줄이야!"

새싹이 올라오듯 덥수룩하게 피어난 턱수염이 석호를 한없이 초라하게 추락시켰다. 경옥은 더 묻고 싶지 않아서 석호가 엘리베이터를 타는 걸 보고 병원을 나왔다.

다음날 경옥은 서둘러 병원으로 갔다. 석호는 퇴원 준비에 분주하게 움직이고 있었다. 경옥은 승용차 뒷좌석에 가방을 넣고 조수석 문을 열어 주었다. 한동안 무거운 침묵이 흘렀다. 어쩌다 눈이 마주치면 석호는 어색한 미소를 지을 뿐이다. 현관문을 열었다. 석호는 부리나케 욕실로 들어가 면도를 하고 침대에 벌러덩 누웠다.

"아! 집이 최고야."

경옥은 된장을 풀고 우렁, 청양고추, 양파, 파와 마늘을 넣어서 그가 좋아하는 된장국을 끓여서 식탁 위에 놓았다.

"당신이 끓여주는 된장국 먹고 싶더라. 어찌 알고 병원에 왔어?"

"병원에 입원한 은하가 유방암 수술한다네. 당신은 무슨 수술을 혼자 한 거야?"

"당신에게 말할 면목이 없었어. 엄마 병간호에 지치고, 아버지까지 돌봐준 당신에게 차마 입을 열 수가 없더라."

"어디가 아픈 거야? 엄마가 수술을 다섯 번 해서 수술 소리만 들어도 무섭고 두렵거든."

"소변 보는 횟수가 늘어서 비뇨기과에 갔어. 의사가 큰 병원으로 가라는 소견서를 써주어서 대학병원에서 종합검진을 받았어. 설마 무슨 일이 있을까 하고 진료실에 들어갔는데 의사가 머뭇거리더니 말했어.

-전립선암 2기입니다. 로봇수술은 보험을 적용받지 못해서 수술비로 천만 원이 듭니다. 가족과 상의해서 수술 날짜를 잡으세요.

-며칠이나 입원하면 되는지요?

-환자마다 다르지만 10일은 잡아야 합니다.

감쪽같이 수술할 수 있을 것 같았어. 휴가를 열흘만 내면."

경옥은 전립선암이라는 말을 처음 들었다. 전립선암에 대해서 인터넷을 뒤져보았다. 석호는 매일 기저귀를 차는 것 같았다. 석호가 운동 가고 없을 때 경옥은 침대 밑에서 조그만 상자를 발견했다. 상자를 열어 보았다. 상자 속에는 뜻하지 않게 비아그라와 주사약이 들어 있었다. 경옥은 의아했지만 못 본 척했다. 석호는 케겔 운동과 걷기를 게을리하지 않았다. 5개월이 지나서야 석호는 회사에 출근했다.

경옥은 곰곰이 생각 끝에 의사 선배를 찾아갔다. 전립선암에 대해 자세히 알고 싶었다. 인터넷에서 찾아보고 또 찾아보았지만 의사 말을 직접 듣고 싶었다.

"선배는 여전히 행복해 보이네."

"무슨 일 있어? 전화도 없이."

"선배, 전립선암에 대해서 잘 알아?"

"왜? 전립선암 수술 한 사람 있어?"

"더 묻지 말고."

"수술 후 남성 발기부전으로 성관계가 원만하지 않을 거야. 더 솔직히 말하면 발기가 약해졌다고 보면 돼."

"아, 그렇구나."

"혹시 남편이야?"

"아니야. 내가 남편이 어디 있어?"

대학 때는 피어나는 꽃송이처럼 예쁘다고 했던 선배들과 큰 눈이 매력이라고 했던 동기들의 마음을 설레게 했던 경옥이가 아닌가. 그때 멋진 놈 하나 잡아서 살걸. 교수 되겠다는 꿈을 먹고 살다가 지금 이 꼴이 되다니. 경옥은 지나간 시간을 지울 수만 있다면 지우개로 북북 문질러 버리고 싶었다.

경옥은 거실 소파 위에서 잠들 때가 많았다. 숨소리도 들리지 않은 고요한 밤에 흐느끼는 소리가 들렸다. 경옥은 문을 살짝 밀었다. 어둠 속에서 석호가 이불을 뒤집어쓰고 울부짖고 있었다. 어떻게 해야 할까. 경옥은 망설이다가 슬며시 문을 닫고 소파 위에 누었다. 다음 날 아침, 석호는 웃는 모습으로 아침을 먹고 출근했다. 경옥은 식탁을 닦으려고 하는데 파란색 메모지가 식탁 모서리에 있었다.

—오늘 선약이 없으면 점심 먹자.

경옥은 청바지를 입고 발랄한 모습으로 나갔다. 석호 회사 가까운 카페에서 브런치를 시켰다. 커피를 마시면서 경옥은 조심스럽게 말을 꺼냈다.

"석호 씨, 시험관 아이 생각해 본 적 있어?"

"시험관 아이? 간신히 붙잡고 있는 내 마지막 자존심까지 건드리는 거야?"

석호는 화난 얼굴로 손을 바르르 떨면서 자리에서 일어나 경옥의 팔을 사정없이 잡아끌었다. 카페에 있던 손님들이 경옥과 석호를 힐긋힐긋 쳐다보았다. 석호의 화난 얼굴을 보면서 경옥도 화가 치밀었다.

"왜 이러는 거야?"

"당신이 더 잘 알잖아. 구질구질하게 내가 설명해야겠어?"

"이야기해 봐. 들어보고 헤어지는 게 최선의 길이라면 그렇게 해야지."

석호는 말없이 승용차 있는 곳으로 걸어가더니 조수석 문을 열어 주었다. 경옥은 승용차에 올랐다.

"내가 이제껏 모래성을 쌓았어. 신뢰가 이 정도라니. 정말 실망이다. 실망이라고."

경옥은 차 문을 닫고 고래고래 소리쳤다.

"정말 미안해. 이럴 수밖에 없는 내 심정도 헤아려 줘."

"석호 씨, 좋은 방법을 찾아보자. 분명 좋은 아이디어가 튀어나올 거야."

경옥은 석호가 전립선암 수술 후 괴로워하는 모습을 보면서도 늘 외면해 버렸다. 위로할 말이 없었다. 이불 뒤집어쓰고 흐느끼면 경옥은 밖으로 나갔고 석호가 화초에 물을 주면서 창밖의 창공을 바라보면 방으로 들어와 버린 적이 수없이 많았다. 기다리지 않은 밤은 어찌 그리 빨리 오는지. 석호는 비아그라를 꾸준히 먹고 주사를 사용했지만 2년이 가까워도 소용없었다.

"석호 씨, 시험관 아기 시술해 보자. 한번 시도해 보고 아니다 싶으면 그때 헤어지자."

경옥은 석호의 손을 만지작거렸다.

햇빛이 유난히 반짝이던 날, 선배가 근무하는 병원으로 갔다. 선배에게 속 시원하게 모든 상황을 털어놓았다. 선배가 소개해 준 산부인과 의사는 상냥하고 친절했다.

'한번 해보리라. 설령 실패를 하더라도.'

며칠 후, 산부인과에서 내원하라는 연락이 왔다.

"검사 결과가 양호합니다. 시험관 시술 시작해봅시다."

산부인과 여의사는 경옥에게 미소를 보냈다. 경옥은 선배 진료실 앞으로 갔다. 진료실 문이 열리더니 놀랍게도 석호가 나왔다. 그리고 선배가 따라 나왔다.

"아니, 당신이 여기는 어쩐 일이야. 의사 선생님, 이 사람이 내 아내야."

"형, 경옥이가 아내라고? 경옥이는 대학 후배야."

선배는 놀란 표정으로 석호와 경옥을 번갈아 보았다.

"형 퇴근하고 술 한잔하자. 할 말이 많아."

의사는 진료실로 들어갔다.

"석호 씨, 선배를 어떻게 알아?"

"세상은 좁다고 하더니 당신이 내 고향 후배를 알다니. 내가 세상에서 가장 의지하고 사는 돈독한 내 동생이야.

희로애락을 함께 한 후배. 가족이 하나둘 죽어가고 아내와 이혼했을 때 고향 후배들이며 지인들이 나보고 멋진 놈이라고 하더라. 아버지 병간호 때문에 외조할 수 없으니, 꿈을 이루라고 아내를 보내줬다고. 아마 그날 이슬비가 내렸나. 고향 후배들이 나를 위로한다며 식사 자리를 만들었어. 술을 주거니 받거니 하다 보니 후배들 얼굴이 벌겋게 타오르는 태양 같았어. 고향을 지키면서 건물 두 채를 가지고 있는 칠성이가 뜬금없이 이런 말을 남기고 갔어.

—석호 형, 요즘은 정자를 보관하는 박스가 있다고 하던데 형이 항상 젊음을 유지할 수 있는 건 아니잖아. 누가 알아? 혹시나 그 정자가 필요할 때가 있을지. 고향에서 제일 출세한 의사 저놈한테 물어봐서 해 놔봐.

몇 달이 지나서 칠성이가 아버지 뵙고 싶다고 병원으로 왔어. 그때 칠성이는 가슴 아픈 이야기를 늘어놓았어.

—형. 그날 술 마시고 한 말은 내 진심이었어. 나에게 너무 빨리 찾아온 대장암 수술을 하고 아내와 결혼했는데 불행하게도 암이란 놈이 전립선으로 침범을 했더라고. 아내는 재산이 탐났는지 이혼을 하자고 해도 거부하고, 내 곁에서 떠나지 않고 살고 있어. 가끔 시험관 아이를 갖자고 하는데 쉽지 않더라고. 그런 일이 있어서 형한테 정자를 보관하라고 한 거야. 지금은 아내도 포기했는지 그냥 둘이 살자고 했다가 때로는 딸아이를 입양하자고도 해. 한 세상

사는 게 왜 이렇게도 복잡하고 벅찰까.

칠성이가 다녀간 후에 의사 후배를 찾아가서 정자를 보관하게 되었어. 당신이 시험관 아이 갖고 싶다고 해서 상의하려고 후배를 찾아온 거야."

"그럼 당신이 보관했던 정자로 시험관 아기 시술을 해보자는 거지?"

경옥은 돌덩이 같았던 가슴이 솜사탕처럼 사르르 녹은 것 같았다. 무언가 희망적이었다.

산야는 붉게 타오르고 가로수 나뭇잎은 하나둘 떨어지고 하늘은 구름 한 점 없이 파랗게 물들어 있던 날, 경옥은 설레는 마음을 감출 수 없었다. 금방이라도 임신할 것만 같았다. 콧노래가 절로 나왔다. 여의사는 친절했다. 시험관 시술은 절차가 복잡하고 고통스러운 일이었다. 하지만 경옥은 왜 그렇게 자신이 있었을까. 결국 경옥은 모든 고통을 참아냈고, 그 결과가 너무 좋았다. 산부인과를 내원했다. 그날은 여의사가 하얀 카라 꽃처럼 아름답게 보였다. 의사는 미소를 머금고 밝은 목소리로 말했다.

"늘 긍정적인 마인드로 아이를 원하더니 성공입니다. 축하합니다."

엄마가 도와주었을까. 아니면 시아버님의 사랑이었을까. 그것도 아니면 석호 씨의 간절한 기도였을까. 경옥은 가슴이 벅차올랐다. 경옥은 심한 입덧도 없이 해산날만 숫자를 세어가며 기다렸다. 경옥은 노산이라 예정일보다 보름 전에 제왕절개수술을 했다. 쌍둥이라 겁이 났었다. 그날 석호는 정신없이 바쁘게 움직였다. 경옥은 기쁨의 눈물인지, 아픔의 눈물인지, 슬픔의 눈물인지, 알 수 없는 감정의 눈물이 볼을 타고 뜨겁게 아주 뜨겁게 흘렀다.

쌍둥이는 건강하게 자라서 초등학교 졸업할 나이가 되었다. 석호도 정년퇴직할 때가 되었다. 어느 주말이었다. 석호는 아이들을 승용차에 태우고 무작정 강원도로 떠났다.

"당신과 아이들에게 넓은 바다를 보면서 꼭 할 이야기가 있어."

"할 이야기?"

석호는 아이들을 향해 철썩이는 파도처럼 힘차게 소리쳤다.

"아들딸아, 엄마 꿈을 이룰 수 있게 유학 보내자."

"엄마, 유학 가는 거야?"

아이들이 합창하듯 물었다.

"당신 유학 가는 게 꿈이었다고 했지? 교수도 되고 싶다고 했나? 늦었지만 시작해 봐. 아이들 교육과 집안일은 걱정하지 말고 꿈을 향해 도전해 봐."

경옥은 예상치 않은 석호의 말에 잠시 어안이 벙벙했다.

석호 가족은 호텔로 들어갔다. 새벽 여명이 서서히 밝아왔다. 경옥은 잠자는 아이들 귀에 입술을 대고 속삭였다.

"일어나, 일출 보자."

아이들은 경옥의 팔과 허리에 매달려 창가로 갔다. 아이들은 떠오르는 태양을 보면서 소리쳤다.

"아빠 일어나요."

아이들과 창가에서 일출을 보며 행복해하는 석호에게 경옥은 애교 섞인 말투로 말했다.

"당신이 내 꿈을 기억하고 있어서 감동이었어. 그런데 어쩌지. 꿈이 바뀌었는데."

"그게 뭔데?"

"엄마의 평생 삶이 묻어있는 분식점을 리모델링 해서 카페를 하고 싶어. 어르신들이 편안하게 쉬어갈 수 있는 공간을 만들어서 엄마에게 못한 것들을 해드리고 싶어. 엄마가 억척같이 모은 돈을 보람 있게 쓰고 싶거든. 시아버지가 남겨주신 재산으로 아이들과 넉넉하지는 않아도 그렇다고 부족하지도 않을 것 같아. 부족하면 당신 퇴직금을 가족에게 찬조하면 좋고."

석호는 여행에서 돌아온 다음 날부터 바리스타 자격증을 취득하겠다고 분주하게 움직였다. 경옥은 자신의 선택이 멋진 삶이 될 거라고 믿었다. 경옥은 엄마처럼 앞치마를 입고 '기막힌 선택'이라는 카페 간판을 걸었다.

왜

?

왜

달리는 승용차 창밖에는 하얀 눈이 내리고 있었다. 성희는 몸이 불편한 남편을 뒷좌석에 태우고 아들을 찾아갔다. 내비게이션이 향하는 곳은 고층 건물이 즐비한 압구정에 있는 10층 건물이었다. 아들은 결혼 비용을 절약하겠다고 가족들과 식사 자리만 갖겠다고 했다. 성희는 내심 서운하긴 했지만, 아들이 원하는 대로 진행하라고 했다. 성희가 들어간 곳은 생각했던 소박함과는 달리 호화스러웠다. 압구정에서 고급스럽게 준비할 거면 아들 며느리 자랑도 하게 지인들과 친척들을 초대해서 결혼식을 하라고 할걸.

아들은 여자친구와 1층에서 턱시도와 양복을 맞추고 있었다. 성희는 3층으로 올라갔다. 직원이 친절하게 안내했다. 한복이 진열된 로비는 호화스러웠다. 양가 가족이 식사하는 자리에서 입을 옷이라고 보기에는 너무 과하다는 생각을 떨칠 수가 없었다. 설마 아버지가 휠체어를 타서 결혼식을 안 하는 것은 아니겠지. 별의별 생각이 머릿속을 헤집어 놓았다. 3층 로비에는 예비 사돈이 먼저 와 있었다. 성희는 가볍게 인사를 했다. 성희의 마음은 편치 않았다. 예비 사돈과 한복을 입고 벗는 동안 성희는 예비 사돈에게 살갑게 대하지 않았다. 사람은 상대적이라고 예비 사돈도 친절하지 않았다. 솔직히 두 번째 만남에서 얼마나 상냥하고 부드러울까. 아무튼 그날 한복을 입으면서 예비 사돈에게 친절하게 대하지 않은 것이 파혼까지 갈 줄이야.

“엄마, 여자친구가 파혼하자네요.”

“아들, 무슨 말을 하는 거야?”

“엄마, 제 여자친구가 마음에 들지 않았어요? 상견례 자리에서도 한복 맞추는 자리에서도 엄마가 제 여자친구를 사랑하는 모습을 찾을 수가 없었다네요. 그래서 여자친구 엄마가 파혼하라고 했나 봐요. 왜 엄마는 아들을 존중하지 않았어요. 아들 행복을 생각했다면 언짢은 일이 있어도 밖으로 표출하면 안 되잖아요.”

화난 목소리에 아들 모습이 그려졌다. 다음 날, 성희는 남편 아침을 챙겨주고 예비 사돈을 찾아 나섰다. 산야는 하얀 꽃이 피어나고 도로는 미끄러웠다. 성희는 승용차를 물끄러미 바라보다가 대중교통을 선택했다. 지하철을 네 번 갈아타고 스물아홉 번째 역에서 내렸다. 어찌 그날은 바람도 칼날같이 매섭게 불었는지. 역에서 500미터쯤 올라가니 ‘남촌 부대찌개’라는 간판이 보였다. 성희는 식당 근처 카페로 들어가 전화번호를 눌렀다.

"여보세요."

예비 사돈의 음성이 들렸다.

"저 사돈 될 사람입니다. 사거리에 있는 '미소' 카페입니다. 잠시 뵙고 싶습니다."

"제 딸이 해결한다고 하네요. 기다리지 마세요."

전화가 뚝 끊어졌다. 이 상황을 어떻게 이해해야 할까? 성희는 사지가 바들바들 떨렸다. 아니 결혼할 여자친구와의 신뢰가 이 정도라니 믿어지지 않았다. 성희는 간신히 정신을 부여잡고 지하철 의자에 앉아 등을 기댔다.

성희가 연애하던 그 시절에는 교통이 불편했다. 출근 시간에 버스를 타면 숨을 쉴 수가 없었다. 밀치고 밀쳐서 몸과 다리가 따로 있을 때도 있었다. 어쩌다 버스 기사가 급브레이크라도 밟을 때면 승객들이 뒤엉켰다. 어느 날 출근 시간이었다. 할머니가 무단 횡단하는 것을 미처 보지 못한 기사가 급브레이크를 밟았다. 버스 안에 있는 승객들이 아우성을 쳤다. 성희도 그 버스 속에서 중심을 잡지 못하고 이쪽저쪽으로 밀쳐졌다. 그때 누군가가 성희 어깨를 감싸 안았다. 성희가 놀란 눈으로 올려다보니 버스 정류장에서 자주 마주치던 사람이었다. 승객들이 하나둘 내리고 그와 성희는 같은 좌석에 앉았다. 그는 조심스럽게 물었다.

"내일 퇴근하고 시간 있으세요?"

성희는 고개만 끄덕였다. 자주 마주쳐서 그런지 크게 거부감이 없었다. 그는 시간과 장소를 말하고 버스에서 내렸다. 다음 날 성희는 급하게 처리할 일들이 많아서 한 시간 늦게 약속 장소에 도착했다. '한 시간을 기다릴 수 있을까?' 성희는 다방 문을 밀었다. 담배 연기가 자옥한 다방 구석진 곳에서 그가 문 쪽으로 걸어왔다.

"미안합니다."

"약속시간을 잊은 줄 알았어요."

그는 다방 옆 골목에 있는 삼겹살집으로 들어갔다. 식당 안에는 연기가 가득하고 삼겹살 굽는 냄새가 진동했다. 2층으로 올라가 창문 쪽에 자리를 잡았다. 그는 고기를 노릇노릇 구워서 접시에 놓고 성희에게 맥주를 따라주었다. 그는 그 무엇도 묻지 않았다. 그저 소주만 따라 마셨다. '무슨 저런 놈이 있어. 왜 만나자고 한 거야.' 성희는 이 어색한 분위기 때문에 식당을 박차고 나오고 싶었지만, 성깔을 꾹 누르고 맥주를 마셨다. 식당을 나와 택시를 타고 집으로 가면서도 말이 없던 그는 성희의 손을 잡았다.

"맥주 한 잔 더 하실래요?"

"아니요. 아버지가 대문 밖에서 기다리고 계세요. 다음에요."

그가 하는 행동은 호감이 가지 않았지만, 왠지 모르게 성희는 그에게 마음이 끌렸다. 일요일 오전, 성희는 콩나

물을 사려고 구멍가게로 들어갔다. 뜻하지 않게 그가 담배를 사고 있었다. 성희는 놀란 눈으로 그를 쳐다보았다.

“여기는 어쩐 일이세요?”

“얼른 준비하고 나와요.”

그는 반가운 표정으로 스치듯이 말했다. 성희가 가는 길목에는 담배꽁초가 소복이 쌓여 있었다. 거인 같은 체구, 갈색 머리, 부리부리한 눈과 까무잡잡한 피부. 누가 보아도 호감 가는 남자는 아니었다.

그는 퇴근 후 언제나 집골목까지 바래다주었다. 그 광경을 대문 밖에서 아버지가 자주 보았는지 성희에게 결혼할 사람이냐고 물었다. 그 무렵 아버지는 폐암 말기였다. 성희는 아버지 마음을 알기에 그를 집으로 초대했다. 아버지는 그에게 시원한 수박을 대접하려고 물이 가득한 대야에 담가 두었다. 아버지는 마루에 앉아 부채로 바람을 만들어 보지만 더위는 여전히 기승을 부렸다. 엄마는 얼굴을 보자마자 가난하다고 그를 반대했다. 아버지는 건강하고 기술 있으면 잘살 수 있다고 엄마를 설득했다. 엄마는 그 앞에서 너덜너덜 구멍 난 속 내의를 걸치고 있었다. 그는 엄마의 말과 행동에 아랑곳하지 않았다. 그가 무릎을 꿇으려고 하는데 엄마가 벌떡 일어나 부엌으로 들어갔다. 그는 참담한 표정으로 그 자리에 앉아 버렸다. 아버지의 일그러진 얼굴은 금방이라도 엄마를 후려칠 것 같았다. 그는 자리에서 일어나 무슨 생각인지 엄마가 있는 부엌으로 들어갔다.

"어머니 시원한 수박 한쪽 주시면 먹고 가겠습니다."

엄마는 수박을 동강동강 썰어 쟁반에 담아 마루에 놓았다.

"저는 장돌칠입니다. 돌처럼 야무지게 살겠습니다. 어머니와 약속하겠습니다. 딸 행복하게 해줄 자신이 있습니다. 어머니, 저를 사위로 받아 주세요."

"이봐요. 이 가난을 딸년한테 물려주라고? 세상에 가난보다 더 무서운 게 있습디까?"

엄마는 실타래가 풀리듯 긴 한숨을 멈추지 않았다. 그가 다녀가고 아버지는 결혼을 서둘렀다. 그도 어머니를 뵈러 가자고 했다. 시외버스로 열 시간이 걸려서 도착한 시골에는 할머니와 어머니가 초라하게 살고 있었다. 가난을 딸에게 물려주고 싶지 않다고 했던 엄마 얼굴이 겹쳐 떠올랐다.

"실망했지요? 당신에게 초라한 시골 모습을 감추어야 하나 고민했지만, 거짓말은 하고 싶지 않았어요. 저는 어머니에게 효도하면서 당신에게도 최선을 다해 살 자신이 있어요. 저를 믿고 결혼합시다."

엄마의 반대를 이겨내고 결혼한 남편은 건실하고 생활력이 강한 사람이었다. 한 해 한 해 지나갈수록 남편은 더없이 듬직한 사람이었다. 남편은 집부터 장만해야 한다고 자장면 한 그릇 마음 놓고 사주지 않았던 구두쇠였다. 남편 직업은 자동차 정비공이었다.

어느 날, 남편은 퇴근 시간이 지나도 귀가하지 않았다. 성희는 왜 그렇게도 불안했을까. 벽시계는 땡땡 열한 시를 알렸다. 조마조마한 마음에 성희는 대문을 수없이 들락거렸다. 그때 주인집 아주머니가 거실 문을 열고 나왔다.

"문간방 아줌마, 병원에서 전화가 왔는데, 장돌칠 씨가 남편 맞아요? H 병원이라고 하는데 들어와서 전화 받아봐요."

"네? 네."

성희는 조심히 거실로 들어가 떨리는 손으로 전화를 받았다. 장돌칠. 분명히 남편 이름이다. 여자의 직감은 무시할 수 없었다. 그 불안함이 성희의 불행으로 이어질 줄 어찌 알았겠는가. 남편은 수술실에 있었다. 기다리는 시간은 참으로 길었다. 왜 그렇게도 그 시간이 성희를 무서운 구렁텅이로 몰고 갔는지. 수술실에서 의사가 나왔다. 성희는 의사를 붙잡고 두서없이 물었다.

"장돌칠 환자의 수술은 쉽지 않았어요. 척추가 심하게 손상되어 최악에는 휠체어를 탈 수도 있을 거 같아요. 하지만 시간을 두고 지켜봅시다."

이제 마흔 중반인 나이에 이런 일이 있다니. 하늘이 무너지는 아픔이었다. 남편은 자동차 정비하려고 차를 몰고 가다가 접촉 사고가 났다. 제아무리 의술이 발달해도 고칠 수 없는 병도 있다. 결국 남편은 휠체어를 타고 집으로 왔다. 병원비와 생활비는 산재로 처리되어 그나마 경제적으로는 큰 어려움이 없었다.

뉴스에서는 장마가 끝났다고 하는데 칙칙한 날씨는 계속되고 비가 쏟아지는 날이다. 유리창으로 부딪치는 물줄기는 폭포수처럼 콸콸 내리쳤다. 남편은 베란다에서 유리창 빗줄기를 바라봤다.

"여보! 물 한 잔만."

성희는 물컵을 들고 남편 곁으로 갔다. 남편은 물을 두어 번 목으로 넘겼다.

"이제 나는 갈 때가 된 것 같아. 약을 먹어도 통증이 가시지 않아. 결혼하면 당신을 행복하게 해주겠다는 장모님과의 약속을 지키지 못했네."

"왜 그런 생각을 해. 좋은 생각만 하자. 옆에서 간호하는 사람 심란하게 하지 말고."

"아니야. 환자는 자신 몸 상태를 잘 알아. 당신한테 누가 있어. 빙 둘러봐. 아들밖에 없잖아. 아들 잘 다독거려서 살아. 아들 이겨서 뭐 할 거야. 세월이 지나고 돌아보니 오점투성이야. 다 지나간 일이야. 성희야! 아들 인생에 깊숙이 들어가지 않았으면 해. 세상에서 가장 아름다운 당신한테

하는 마지막 부탁이야."

남편은 숨을 몰아쉬었다. 남편의 양 볼 사이로 물줄기가 하염없이 흘렀다. 성희는 손가락으로 남편의 양 볼을 어루만졌다. 남편은 울먹이는 목소리로 하던 말을 이었다.

"아무것도 못 하고 떠나네. 내가 떠나면 주저하지 말고 새처럼 날아서, 나와 함께 못한 세상 구경하고 살아. 내가 멀리서 응원하고 지켜줄게."

그날 이후, 남편은 급속하게 몸이 쇠약해졌다. 남편은 병원을 들락거리다 중환자실에서 아주 먼 길을 떠났다. 성희는 울지 않았다. 다만 남편이 뜻하지 않은 사고로 짧은 생을 마감한 것이 짠했다. 아들은 영정 앞에서 어깨를 들썩거렸다.

성희는 아들의 전화번호를 눌렀다.

"내일이 아버지 49재 되는 날이야. 집에 올 수 있겠어?"

"퇴근하고 갈게요."

다음날 성희는 아들과 추모공원으로 갔다. 남편은 여전히 웃고 있었다. 성희는 아들과 소나무 밑 의자에 앉았다.

"아들아, 이제 엄마도 마음 다잡고 살아야지. 세상이 참 많이 변했더라. 13년 동안 엄마는 모든 것을 포기하고 오롯이 아버지를 위해서 보냈어. 아버지는 사람들이 많이 모이는 공원이나 개천가를 무척 싫어했지. 휠체어를 타고 있는 자신의 초라한 모습을 타인들에게 보여주고 싶지 않다고 하더라. 아버지를 설득도 했지만 먹히지 않았어. 그래서 엄마는 아버지와 싸움도 많이 했지. 아버지는 현실을 받아들이지 못하고 몸부림치더구나. 엄마가 잠깐 외출하고 오면 아버지는 화를 자주 내곤 했어. 그러다 보니, 친구나 지인들도 만날 수 없었어. 그때부터 엄마는 아버지를 보면서 역지사지했어. 그 후 아버지가 싫어하는 것은 애써 권하지도 않았어. 병원도 가능하면 이른 시간으로 예약해서 다녔어. 엄마가 이런 시간을 보내고 있을 때, 아들은 여자에게 모든 시간을 쏟은 거야. 아들의 그 무관심한 태도가 엄마를 화나게 했는지도 모르겠구나. 아버지에게 냉정하게 했던 거 아들도 인정하지?"

"제가 잘못했어요. 아버지 영정 앞에서 많이 후회했어요. 세상에 영원한 것은 없는데 말이에요."

"요즈음 엄마는 아들 유년 시절을 생각하면서 하루하루 시간을 묻었다. 아들이 대학에 합격하던 날, 아버지가 내 아들 장하다고 소리치던 모습이 선명하게 떠오르더라. 아들이 취업하고 갑작스럽게 가족을 멀리하더라. 엄마가 아들을 원망할 때마다 아버지는 젊어서 그러니 기다리자고 엄마를 다독거렸다. 지나간 아픈 일들 가슴에 묻지 말고 바람에 날려 버리자. 아들이 엄마를 소중하게 여겨야 남도 엄마를 존중하지 않겠어. 여자친구가 엄마를 얼마나 갈잖

게 봤으면, 하루아침에 파혼할 수 있는지. 아들과 보낸 시간이 5년인데 사돈 될 사람에게 살갑지 않게 했단 이유로 어떠한 여지도 주지 않고 파혼 통보를 한 그 여자친구가 소름이 끼치도록 무섭더라. 엄마 때문이라는데, 엄마 때문이라는데. 엄마가 아들 앞길을 망쳤다는데 어떻게 정상적인 생활을 할 수 있겠어. 아들 얼굴 보는 게 죽기보다 힘들었다. 결혼에 대한 가치관이 엄마 시대와는 비교할 수 없이 변했다는 것을 엄마는 모르고 살았더라. 엄마가 아들 마음 아프게 해서 미안하다."

"엄마 앞으로 지켜보세요. 잘하고 살게요."

아들은 자리에서 일어나 성큼성큼 승용차 있는 곳으로 걸어갔다. 다음 날 아들은 남아있는 소지품을 챙겨서 집을 떠났다. 성희는 남편의 남은 유품들을 하나하나 정리했다.

여행은 언제 떠나도 설렘이 넘실거린다. 성희는 자욱한 안갯속으로 피어나는 햇살을 받으며 고속도로를 달린다. 바다! 바다는 성희의 안식처다. 그 누가 시간이 약이라고 했던가. 지나고 보니 시간보다 명약은 없다. 엊그제 일 같은 아픔이 벌써 3년이 훌쩍 넘어가고 있다.

어느덧 목적지인 낙산 공영 주차장에 도착했다. 근처에 있는 식당으로 들어갔다. 수국꽃처럼 뭉실뭉실 피어나는 순두부 국물에 쌀밥 한 공기를 말아서 꾸역꾸역 입 안으로 밀어 넣었다. 성희는 낙산사로 향했다. 인파들이 물결처럼 밀렸다. 성희는 붉게 우러난 오미자차와 한과를 들고 바다가 보이는 탁자 의자에 앉았다. 산자락을 울리는 은은한 목탁 소리, 새들이 지저귀는 고운 소리와 잔잔한 파도 소리가 어우러져 아름다운 음률이 되어 흐르고 있었다. 참새들은 잡초 위를 오가며 먹이를 찾고 있었다. 저 멀리 파란 바다 위에 바보 같은 남편이 선명하게 떠 있다.

성희는 낙산사를 내려와 하조대 해수욕장 근처에 있는 펜션을 찾아갔다. 객실이 10개 정도 되고, 문자로 방 호수와 비밀번호를 알려주었다. '아담한 담쟁이 308호. 비밀번호 *308' 카운터에는 3시부터 7시까지 자리를 비운다는 안내 문구만 있었다. 체크인하는데 사람이 없다는 게 좀 어색했지만 이게 요즘 트렌드인가 하는 생각에 젊어진 기분이 들었다. 건물은 아담해서 좋았는데, 아담한 건물에는 엘리베이터가 없다는 걸 몰랐다. 캐리어를 끌고 계단을 올라가는데 힘들어서 숨이 찼다. 방 구석진 곳에 놓인 방향제에서 장미꽃 향이 성희를 반겼다. 방 안에 3개의 계단이 있고 계단 위에는 침대가 있고 계단 아래에는 짐을 풀 수 있는 공간이 잘 되어있었다. 창문을 활짝 열었다. 시원한 바닷바람을 불러들였다. 창문 건너에는 편의점이 있고 해송 사이로 파란 바다가 보였다. 성희는 가벼운 옷으로 갈아입고, 바다로 향했다. 듬성듬성 파라솔 밑에는 젊은 남녀가 모래 속에 묻혀있었다. 성희는 모래를 부수며 철썩이는 바닷물 가까이 갔다. 큰 바위 위에는 피서객이 올망졸망 모여있다. 수없이 밀려오는 파도는 무슨 사연을 싣고 달려와 모래 위에 토할까. 아픈 사연일까. 슬픈 사연일까. 아니면 성희처럼 기막힌 사연을 하얀 물보라로 승화시켜서 위로하는 것일까. 사람들은 모래알처럼 수많은 사연을 품고 살리라. 성희는 피곤함이 밀려와 해송 옆 의자에 앉았다. 의자 옆에는 노부부가 다정스럽게 커피와 쿠키를 먹고 있었다. 파도가 밀려든 순간 아들이 몹시 보고 싶었다. 맥없이 앉아 있는 성희에게 아주머니가 곁으로 오라고 손짓했다. 성희는 아주머니 곁으로 갔다.

"저희도 그 펜션 103호에 있어요. 오늘이 이틀째 되는 날이에요. 아까 창문으로 당신을 보았어요. 혼자 왔어요?"

"네."

스쳐 가는 바닷바람에 그 부부의 흰 서리가 날리고 있었다.

"제가 함께 자리해도 되겠어요?"

"그럼요. 이렇게 만난 것도 인연인데 앉으세요."

성희는 그들이 먹고 있는 쿠키를 입에 넣었다.

"여행을 자주 다니시나요?"

"닥치는 대로 매달 한두 번은 다니지요. 어디를 가나 둘이니까요."

성희는 왠지 친밀감이 갔다. 아주머니 목소리는 성우처럼 독특했다.

"아주머니 부럽습니다. 저희 부부는 비행기 한번 타 보지 못하고 남편이 먼 나라로 떠나버렸어요. 그 사람이 너무 그립고 그리워서 늘 가슴속이 허전하답니다."

"자식은요?"

"아들이 있어요."

성희는 아주머니 눈동자를 따라가며 아들 파혼 이야기를 늘어놓았다. 아주머니는 소문낼 일도 없고 돌아서면 그만이라는 생각이 들어 둘둘 뭉쳐있는 아픈 얘기들을 토해냈다. 어쩐 일인지 이야기가 막힘없이 쏟아졌다. 순간 울컥 솟구치는 눈물을 머금고 보이지 않으려고 애썼다.

"처음 뵙는 분에게 제 속마음을 많이도 털어놓았습니다. 끝까지 들어주고 공감해 주셔서 감사합니다. 저녁은 제가 대접하겠습니다."

"저희가 자주 가는 음식점으로 가도 되겠어요?"

아주머니는 호탕하게 웃으면서 물었다.

"그럼요."

그 부부가 간 곳은 젊은이들이 가득한 피자집이었다. 알아들을 수 없는 팝 음악이 시끄럽게 공간을 가득 채웠다. 아주머니는 능수능란하게 주문했다.

"젊은 사람들이 많네요. 약간 정신도 없고요."

"저도 처음엔 그랬는데, 자주 와보니 좋더라고요. 내가 가진 모든 아픔이 이 큰 음악 소리에 묻혀 버리는 것 같아서요. 아주머니도 이 순간 이곳에서 마음속에 있던 아픔들을 던져버리고 즐겨봐요."

직원이 피자 한 판, 감자튀김과 샐러드로 테이블을 가득 채워줬다. 뜨끈뜨끈한 피자 속에 가득 채워진 치즈가 입맛을 돋우었다.

"아주머니, 덕분에 너무 잘 먹었습니다. 기분도 많이 좋아졌어요."

"다행입니다. 저도 저녁 잘 먹었습니다. 먼저 들어가시겠어요?"

"네. 식사하고 나니 몸이 좀 나른해지네요."

"조심히 들어가세요. 저희는 바닷바람을 쐬고 모래 위 좀 걷다가 들어갈게요. 아, 그리고 내일 아침은 저희가 사겠습니다."

"네."

그 부부는 바닷가 쪽으로 발길을 돌렸다. 다음 날 아침, 성희는 짐을 꾸리고 해송 사이 산책로를 걷고 숙소로 왔다. 숙소 앞에는 그 부부가 짐을 꾸려서 기다리고 있다. 성희는 부리나케 3층으로 올라가 캐리어를 끌고 내려왔다. 그리고 그 부부와 숙소 앞 식당으로 갔다. 그 부부는 창가 쪽으로 앉았다. 창밖으로 보이는 윤슬이 유난히 빛났다.

"아주머니, 아침 잘 먹었어요."

"덕분에 저도 잘 먹었습니다. 저희 부부는 전국을 다니며 색소폰 공연을 합니다. 아주머니도 시간이 허락하면 봉사하는 길을 찾아보세요. 그리고 아들을 위해 엄마가 마음을 비우세요. 시간은 기다려 주지 않습디다. 이번 여행은 아주머니를 만나 행복했답니다."

아저씨가 승용차 문을 열었다. 아주머니가 차에 오르려 할 때 성희가 물었다.

"실례가 안 된다면, 아주머니 연세를 여쭤봐도 될까요? 궁금합니다."

"반백이라서 할머니로 보이나요? 이제 60대 중반입니다."

"진짜요? 너무 세련되고 아름다우세요. 저는 50대 중반인데, 제 행색이 촌스러워서 창피했거든요."

"그렇게 봐줘서 고마워요."

성희는 허균 허난설헌 기념공원에 도착했다. 기구한 인생을 살았던 허난설헌 생가 구석구석을 둘러보았다. 생가 앞 소나무밭으로 발길을 옮겼다. 하늘을 찌를 것처럼 곧게 뻗은 소나무에는 1번부터 300번이 넘는 번호표가 붙어 있었다. 웅장하다는 표현은 이럴 때 쓰는 것 같다.

"선생님, 이 소나무들은 왜 번호표가 있나요?"

"관리번호입니다. 소나무는 해무를 막아 주어서 꼭 필요한 나무거든요. 그래서 꼼꼼하게 관리가 필요합니다."

성희는 소나무 밑 의자에 앉았다. 소나무 향기가 그윽하고 맑은 공기가 가슴으로 파고들었다. 핸드폰이 울렸다.

"아들, 무슨 일이야?"

"엄마는 무슨 일이 있어야 전화하나요. 집에 엄마가 없어서요. 어디세요?"

"강릉이야."

"조심히 다니세요."

철커덕 전화가 끊어졌다. 아들 목소리가 퉁명스러웠지만 싫지는 않았다. 성희는 바다를 바라보며 예약해 놓았던 숙소를 찾아갔다. 성희는 11층 객실로 올라갔다. 바다를 내려다보았다. 가슴이 확 트였다. 벌러덩 침대에 누웠다. 눈이 사르르 감겼다. 핸드폰의 울림을 자장가로 듣고 곤히 잠이 들었다. 한 시간이 지나서야 벨 소리에 핸드폰을 열었다. 아들 부재중 전화가 빼곡했다. 성희는 가슴이 철렁했다.

"아들!"

"엄마 무슨 일 있었어요? 저 강릉이에요. 주소 보내주세요."

아들은 화난 목소리였다. 성희는 주소를 보냈다. 무슨 일이 있나 가슴이 자꾸만 조여왔다. 성희는 1층 로비로 내려갔다. 30분가량 되었을까. 아들이 캐리어를 끌고 로비로 들어왔다.

"여기까지 어쩐 일이야?"

"놀랐잖아요. 왜 전화 안 받았어요. 엄마와 강릉으로 여행 가려고 집에 갔었어요. 엄마가 강릉이라고 해서 너무 놀랐어요."

"회사는 어쩌고?"

"연차 썼어요."

아들은 캐리어를 객실에 올려놓고 내려왔다. 바닷가 근처 음식점으로 들어갔다.

"엄마, 대게 드실래요? 아니면 회를 드실래요?"

"회에 술 한잔 마시고 싶다."

아들은 광어회를 주문하고, 복분자와 소주를 추가했다. 잠시 후 아주머니는 먹음직스러운 회 한 접시와 술을 식탁 위에 놓았다. 아들은 성희 술잔에 붉은 복분자주를 따랐다.

"참 오랜만이다. 아들과 마주 앉아서 술을 마시다니. 세월이 무심하게 흐른 줄도 모르고 살았구나."

성희는 결혼을 망쳤다는 죄책감에 아들과 마주 앉아 있는 게 힘들었다.

"엄마, 제가 잘못 살았어요. 죄송합니다. 이제는 엄마와 저 둘이잖아요. 저도 분명 억울한 부분이 있지만, 거기에

휘둘리지 않고 제 잘못을 인정하고 자신을 성찰하는 계기로 삼을게요. 엄마도 이 아들을 믿고 지켜봐 주세요."

아들의 술잔 위로 땀방울 같은 눈물이 뚝뚝 떨어졌다. 다음날 아들은 회사로 성희는 집으로 향했다. 강릉 여행이 명약이었을까. 아들과 함께한 술 한 잔이 명약이었을까.

성희는 복지관을 방문하여 노래 교실과 장구 수업을 신청했다. 지인의 소개로 색소폰 동호회에 들어갔다. 바닷가에서 만났던 그 부부처럼 공연 다니면서 봉사하고 싶었다. 그렇게 새로운 삶을 설계하고 싶었다. 성희는 2년 동안 노력한 결과 선배들과 공연 할 수 있게 되었다. 성희는 공연 다니는 횟수가 점점 늘어났다.

어느 봄날 지방 공연이 있었다. 성희는 회원들과 장구 공연을 마치고 색소폰 연주를 했다. 어르신들의 박수 소리는 성희의 행복이었다. 성희는 공연장을 나와 승용차에 색소폰과 장구를 넣고 있었다.

"아주머니, 색소폰 연주를 잘하시던데요."

성희는 무심코 고개를 들어 옆을 보았다.

"아! 그 바닷가에서 만난 아저씨 맞지요? 저에게 새로운 인생을 시작하게 영감을 주었던 그 부부 말이에요."

"회원들과 함께 이동하나요? 아니면 차 한잔 어떠신지요?"

“아저씨 차 한잔해요. 저기 스타벅스가 있네요.”

성희는 앞장서서 카페로 들어갔다. 카페에는 군데군데 젊은이들이 노트북을 펼치고 무언가 하고 있었다. 성희는 간신히 구석진 곳에 자리를 잡았다. 성희는 커피 두 잔을 시켰다.

“아저씨, 색소폰 연주하셨나요?”

“오늘은 연주가 아니라 ‘동행’이라는 노래를 했어요.”

“에구, 공연 준비하느라 아저씨 노래를 놓쳤네요. 아쉬운데요. 아주머니는요?”

아저씨는 먼 데로 눈길을 돌렸다. 골패인 주름살이 거미줄처럼 엮어가고 있었다. 그런데도 풍기는 인품은 멋진 신사였다. 한동안 묵직한 침묵이 흐르고 아저씨 얼굴에는 짙은 슬픔이 지나간 것 같았다. 아저씨는 함구했던 입을 열었다.

“그날 그 바닷가에서 즐거웠던 시간이 아내와의 마지막 여행이었어요. 아내는 교사였고, 저는 은행원이었어요. 아내와는 늦은 나이에 친구 소개로 만났지요. 1년을 교제하고 서른일곱에 동갑내기 아내와 혼인했어요. 아내는 노산이라는 생각에 산부인과를 찾아갔데요. 검사 결과를 보던 의사는 뜬금없이 자궁암 3기라고 했데요.”

“정말요? 아주머니가요?”

“아내는 이혼하자며 펑펑 울었어요. 저는 그 일로 이혼하고 싶지 않았어요. 아내는 피나는 노력으로 암을 극복했지요. 저는 아내에게 아이를 입양하면 어떠냐고 제안을 했어요. 아내도 싫어하지 않았어요. 그때 아내 동생이 소개해 준 남자아이는 할머니 와 열악한 환경에서 살고 있었어요. 아내는 세 살 사내아이와 할머니를 집으로 데리고 왔어요. 할머니는 손자 곁에서 오래 있지 못하고 지병으로 돌아가셨어요. 아내는 남달리 아이와 사이가 좋았어요. 아내는 아이를 데리고 여행을 자주 다녔어요. 지금 그 아들이 국제 변호사에요. 아들은 아내가 원하는 여행지가 어디든 가리지 않고 보내주었어요."

"그럼, 그 펜션도 아들이 보내주었나요? 효자 아들을 두신 아주머니에게 제 아들 이야기를 했네요."

"아들은 잘 지내고 있지요?"

"네. 다행히도요."

"한세상 살면서 희로애락 없는 가족이 있을까요."

아저씨는 가슴이 답답한지 커피를 마시고 아주머니 이야기를 이어갔다.

"암이란 놈이 다시 찾아와서 여러 장기로 전이가 되었어요. 아내는 결국 돌아올 수 없는 곳으로 갔어요. 벌써 아내를 보낸 지 3년이 다 되어가네요. 아내는 정말 바보 같은 여자였어요. 30년이 넘은 세월을 함께하면서 그 흔한 부부 싸움 한 번 안 했다면 믿으시겠어요. 아내는 제 앞에서 아픔의 고통을 보이지 않았어요. 아내는 그 바닷가 가기 전날 사촌 오빠를 찾아갔데요. 사촌 오빠가 담당 의사였거든요. 의사는 거침없이 아내에게 말했데요. 남은 시간이 짧으니 마음을 정리하고 가족들과 시간을 보내라고. 사촌오빠가 아내 영정 앞에서 제 손을 잡고 말해서 알았어요. 저는 그것도 모르고 아내가 좋아진 줄 알았지요. 알고 보니 그 바닷가를 가면서 아내는 독한 진통제를 복용했나 봐요. 아내는 여행에서 돌아온 다음 날, 예술의 전당으로 공연을 보러 가자고 했어요. 고요한 공연장에서 피아니스트의 장엄한 연주를 들으면서 아내는 내 손을 자주 잡았지요. 공연이 끝나고 아내는 호텔로 갔어요. 아내는 하나하나 미리 준비한 것 같아요. 그날 밤 아내와 저는 와인을 마시며 좋은 시간을 보냈어요."

"아저씨는 소설이나 드라마에서 볼 법한 삶을 사셨네요."

"아주머니가 아내에 대해 궁금해해서 제가 두서없이 이야기했네요. 사실 아내를 보내고 지금도 가슴이 텅 비어 있어요. 호텔에서 아내는 내 얼굴을 만지고 또 만지더니 내 가슴에 얼굴을 묻고 숨죽여 흐느꼈어요. 어느 주말이었어요. 아내는 뜬금없이 친구 하고 산에 가라고 했어요. 아파트 10층에서 보이는 산들이 붉게 물들어가고 있다면서요. 아내는 아이를 나무라듯 내 손을 끌며 소리쳤어요. 그리고 미리 준비해 놓은 배낭을 주면서 등 떠밀더라고요. 저는 옆 동에 있는 친구와 검단산을 올라갔어요. 하산하면서 홍어탕에 소주 한 병씩 마셨어요. 현관문을 들어서는데 공기가 싸했어요. 아내를 불러도 대답이 없었어요. 어두운 거실을 어떻게 걸어갔는지 모르겠어요. 거실 불을 켰어요. 아내가 보이지 않았어요. 벌렁거리는 가슴을 누르고 화장실 문을 열었지요."

아저씨는 그때를 회상하는지 눈을 감아 버렸다. 침묵은 시간을 따라가고 있었다. 아저씨의 검은 눈동자에는 어두운 그림자가 지나가고 있었다.

"아내는 변기에 오물을 토하고 바닥에 오물과 함께 쓰러져 있었어요. 아픔의 고통을 아내는 언제나 혼자 이겨낸 거지요. 저는 그 길로 아내를 데리고 병원으로 갔어요. 아내는 병원에서 3일 동안 혼수상태로 있다가 갔지요. 아내가 배낭을 어깨에 메어 주면서 내 볼에 입맞춤한 것이 아내와 마지막이었어요."

아저씨 눈가가 촉촉이 젖어 들었다. 아름다움도 세련미도 빛나는 보석도 재물도 눈 감으면 무용지물인 것을. 성희는 공허하기만 했다. 성희는 아저씨와 헤어지고 주차장으로 갔다. 성희는 집을 향해 달렸다. 자꾸만 아주머니의 모습이 차창 밖에서 떠오르다 지워지기를 반복했다.

아들은 엄마를 위해서 노력했다. 과일도 보내주고 밑반찬도 주문해 주고 주말이면 영화도 띄엄띄엄 보여주고 전화도 자주 했다. 성희는 변화해 가는 아들이 고마웠다. 어느 주말이었다. 아들이 마트에서 제법 많은 식자재를 사들고 들어왔다.

"엄마, 점심 제가 준비할게요. 조금만 기다리세요."

"아들이 밥을 차려준다고?"

아들은 주방으로 들어가 된장찌개를 끓이고 미나리와 부추를 섞어 겉절이를 하더니 고기를 구워서 상을 차렸다. 맛있어 보였다. 살면서 처음 아들이 차려준 밥상이었다.

"엄마, 저도 요리 좀 합니다. 맛있지요?"

"생각보다 맛있어. 언제 이렇게 요리를 배운 거야?"

아들은 입꼬리를 올리며 만족스러워했다.

"엄마, 아픔도 계절 따라갔나 봐요. 엄마! 아들 듬직하지요? 엄마도 아들이 멋지다고 인정하잖아요. 큰 경험과 아픔을 겪어서 그런지 세상 보는 게 달리 보인다니까요."

"내 아들이 언제 이렇게 능구렁이가 된 거야. 아버지가 보면 좋아하시겠다."

"엄마! 파혼한 여자친구가 다시 시작하자고 하네요. 엄마가 허락하면 그때 생각해 보자고 했어요."

"뭐라고?"

"사랑하는 엄마! 다음 주에 또 올게요."

뱀

뱀

눈을 떴다. 여명이 밝아오고 있다. 이불을 밀치고 창가로 갔다. 반쯤 열린 커튼을 마저 밀어 버렸다. 강 건너 산등성에서 물안개가 내려와 강물 위로 흩어지는 모습은 장관이다.

"소민아! 일어나 봐. 물안개가 아주 잠깐 사이에 지나가 버렸어. 더 잘 거야?"

"엄마는 물안개를 보면 늘 새로운가 봐. 소녀처럼 말이야."

모녀는 가벼운 운동복 차림으로 강가의 둘레길을 걸었다. 소민은 강물을 바라보며 물었다.

"저 넓은 강을 보면 울 엄마는 무슨 생각을 하나요?"

"동이 트면 산골짝마다 피어나는 안개에 반하고, 해가 뜨면 잔잔하게 흐르는 강물 따라가고 싶고, 해가 지면 현란한 노을이 좋아. 이곳은 사계절 풍광이 너무 뚜렷해서 더 좋더라."

"진짜?"

"딸은 강을 보면서 특별한 생각이라도 하는 거야?"

"응. 저 강을 도강하고 싶어."

"정말? 어떻게 그런 생각을 했어? 저 넓은 강을? 설마 수영은 아니지?"

"그런 말도 안 되는 꿈을 꾸기도 한답니다. 엄마 간단하게 샤워하고 아침 먹으러 가자."

모녀는 호텔로 들어가 옷을 갈아입고 식당으로 갔다. 소민이는 양송이 수프, 모닝빵 두 개와 커피를 가지고 왔다. 엄마도 빵과 샐러드 담은 접시와 커피잔을 탁자 위에 놓았다. 옆 테이블에는 젊은 부부와 네 살 정도로 보이는 딸이 다정스럽게 이야기를 나누며 음식을 먹고 있었다. 아직 미혼인 소민이는 아이들을 보면 예뻐서 어쩔 줄 모른다.

"엄마, 저 아이 좀 봐. 인형처럼 예쁘다. 나도 결혼하면 아이를 낳을 수 있을까?"

40년 만에 처음 들어보는 그 말이 어찌나 반가웠는지 모른다.

"정말? 정말이지? 엄마가 주선해 볼까?"

"아니야, 엄마한테는 말하기가 무서워. 시집가라고 하니까."

소민이는 엄마 얼굴을 보면서 눈을 질끈 감았다.

동희는 두메산골에서 외동딸로 태어났다. 아버지는 초

등학교 교사였고, 어머니는 과수원을 하는 산골 아줌마였다. 그 마을은 초가집 십여 가구가 살고 있었다. 동희 아버지가 학교 교사로 근무하면서 동희 집만 기와집으로 바뀌었다. 그 마을은 얼마나 깊은 산골인지 아이들이 초등학교에 등교하려면 한세월이었다. 논둑을 지나고 산길을 지나면 어김없이 넓은 저수지 둑길이 보인다. 그 저수지 둑길을 20분 정도 걸으면 신작로에 접어든다. 그 신작로에는 여러 마을에서 모여든 남녀 학생들로 북새통이다.

엄마는 점심 도시락이 없는 친구들과 나눠 먹으라고 봄이 되면 떡을, 여름에는 감자를, 가을이면 사과를, 겨울에는 고구마를 넉넉히 싸주셨다. 동희는 엄마가 싸주신 음식을 신작로 자갈 위에 풀어 놓고 친구들과 먹고 놀다가 지각하기가 일쑤였다. 하지만 선생님들은 동희가 선생 딸이라고 못 본 척 넘어갈 때도 있었다. 동희는 공부를 잘하는 학생은 아니었다. 선생님은 공부는 못해도 활달한 성격인 동희를 반장으로 임명했었다. 4학년 때도 동희는 당연히 반장이 될 줄 알았다.

"선생님, 저도 반장하고 싶어요. 투표하면 좋겠습니다. 다른 친구들도 반장을 할 기회를 주세요."

한마을에 사는 채성이가 손을 번쩍 들고 큰 소리로 말했다. 반 친구들은 채성이가 하는 말에 어리둥절했다. 그때 선생님이 교단에서 반 학생들에게 물었다.

"채성이 말처럼 투표하는 게 찬성이라고 생각하면 눈치 보지 말고 손을 들어 봐라."

동희도 엉겁결에 손을 들고 둘러보았다. 모두가 손을 들고 있었다.

"그러면 반장 후보도 너희들이 직접 추천해 보거라."

채성, 남숙, 동희 3명이 추천되었다. 동희는 자진해서 기권했다. 투표 결과는 채성이가 압승을 거뒀다. 남숙이는 책상에 엎드려 어깨를 들썩이고 있었다.

"채성이는 반장이 된 소감을 말해 보거라."

"네. 반장으로 뽑아줘서 고마워. 우리 반을 위해서 열심히 일할 게. 많이 도와줘."

미리 준비라도 한 것처럼 제법 말을 잘했다. 친구들은 정말 좋아했다. 선생님도 흐뭇한 표정으로 아이들을 바라보았다. 동희는 수업이 끝나고 저수지 둑 넓은 길에서 친구들과 실 뻰 따먹기 놀이를 했다. 채성이는 동희를 기다렸다. 동희는 채성이가 미워서 축하해 주기 싫었다. 말없이 뚜벅뚜벅 산길을 걸어가는데 반장이 말했다.

"고생하는 엄마를 기쁘게 해주고 싶었어. 동희야, 미안해."

"괜찮아. 잘했어."

동희는 평소에 아버지가 선생이라는 것을 잊고 행동할 때가 많았다. 여자친구들은 선생님 딸이라고 은근히 시기와 질투를 해서 남자친구들과 어울리기를 좋아했다. 어느 화요일이었다. 신작로에는 학생이 한 명도 없었다. 교실 문을 살그머니 밀고 들어갔다. 반 친구들은 칠판을 보면서 필기하고 있었다.

"강동희. 이번이 열 번째 지각이다. 운동장 열 바퀴 돌고 와. 반장도 같이 가서 지켜보고."

선생님은 무서운 눈초리로 말했다. 운동장으로 나왔다. 반장은 동희 곁으로 와서 부드럽게 말했다.

"동희야, 귀 잡고 열 바퀴만 돌고 들어가자. 선생님이 창문으로 보고 있어."

운동장을 돌기 시작했다. 마지막 바퀴를 도는데 때마침 아버지가 운동장을 지나다가 동희를 보고 무서운 목소리로 소리쳤다.

"높이, 높이, 더 높이 뛰어라."

동희는 그제야 아버지가 선생님이라는 것을 실감했다. 아버지는 단 한 번도 학교생활을 엄마에게 말하지 않았다. 무슨 영문인지 몰라도 아버지는 엄마와 함께 살지 않았다. 동희는 운동장에서 소리치던 아버지의 목소리와 그때 상황이 자주 떠올랐다. 동희는 아버지에게 인정받고 싶었다. 수업이 끝나면, 친구들과 어울리는 시간을 줄여서 공부에 집중했다. 노력은 배신하지 않았다. 4학년 2학기 성적이 중간에서 10등으로 올라갔다. 동희는 자신감이 생겼다. 5

학년 때는 더 잘해서 아버지 칭찬도 받고 우등상을 목표로 삼았는데 아쉽게도 아버지는 다른 학교로 발령이 났다.

"요즘 공부 열심히 한다고 선생님 칭찬이 자자하더라. 아버지는 다른 학교로 발령받아서 간다. 엄마 말 잘 듣고 공부 열심히 해라."

아버지는 미리 준비해온 용돈을 주고 학교를 떠났다. 그게 아버지와 마지막이었다. 동희는 전교에서 10등 안에 드는 우등생으로 졸업하고 중학교에 입학했다. 마을에는 중학교 갈 형편이 안 되는 친구들이 많았다. 엄마는 등록금이 없어서 진학할 수 없었던 채성이와 옆집에 사는 순이의 학비를 지원해 주었다. 중학교 입학을 며칠 앞두고 엄마는 불고기, 잡채, 떡과 부침을 해서 채성이와 순이를 초대했다.

"중학교 진학을 축하한다. 열심히 공부해서 이 마을을 빛내거라. 주말이나 방학 때는 농사일과 과수원 일을 도와다오."

"네. 공부도 농사일도 열심히 해서 동희 어머니에게 보답하겠습니다."

엄마는 마을에서 등하교 하면 공부에 집중할 수 없다고 학교 근처에 방을 구해주었다. 채성이와 순이는 손에서 책을 놓지 않았다. 중학교를 졸업하고 그들은 소도시로 올라가 각자 고등학교에 입학했다. 고등학교 입학하려면 치열

한 경쟁을 거쳐야 했다. 엄마는 채성이와 순이의 고등학교 학비도 책임져 주었다. 그들은 엄마의 기대에 보답이라도 하듯 장학금을 놓치지 않았다. 고등학교 3학년 어느 초여름 주말이었다. 동희는 엄마가 몹시 보고 싶었다. 때마침 채성이도 마을에 내려간다고 했다. 동희는 친구들 얘기를 신나게 하면서 산길을 가는데 회색빛 뱀 한 마리가 스르륵 앞으로 지나갔다.

"뱀이다. 뱀이야."

동희는 무서워서 주춤하는데 채성이가 돌멩이를 들고 뱀을 쫓아갔다. 채성이는 뱀을 잡아 나뭇가지에 걸고 나와서 그 뱀을 종이에 둘둘 말아 가방에 넣었다.

"징그러운 뱀을 왜 가방에 넣는 거야? 소름 끼치게."

"할머니가 몸이 허약하시거든. 어떤 음식보다 뱀이 단백질이 많아서 좋다고 했어. 한약처럼 달여서 할머니 드릴 거야."

할머니를 생각하는 마음이 갸륵했다.

졸업식 날은 매서운 바람이 불고 너무 추웠다. 엄마는 보이지 않았다. 동희는 엄마와 기념사진 한 장 없이 학교를 나왔다. 동희는 터미널로 갔다. 채성이가 먼저 와 있었다. 동희는 순간 일탈하고 싶은 충동이 일었다.

"채성아, 졸업 기념으로 부산 다녀올까?"

"부산? 엄마가 기다리면 어쩌려고."

"적당히 엄마한테 핑계 대면 되잖아. 끝없는 수평선, 자유롭게 물결치는 파도, 수없이 바위를 부수는 물보라 정말 멋진 낭만을 즐기고 오자. 가자. 채성아! 주인 없는 모래 밟으며 발자국도 남기고. 가기 싫어?"

"싫지는 않아."

"그럼 가자."

채성이가 부산 가는 완행버스 표 두 장을 끊어 왔다. 동희는 마음이 설 다. 그냥 채성이가 좋았다. 채성이는 묵묵히 동희의 행동을 받아 주었다. 부산에 도착했다. 어둠이 몰려오고 있었다. 허기가 졌다. 사방을 둘러보았다. 국밥집이 보였다.

"국밥 먹을까?"

"응."

채성이는 동희 손을 잡고 국밥집으로 들어갔다. 국밥을 주문하고 앉아 있었다.

"날씨도 추운데 술 한잔할래?"

"술을?"

채성이가 놀란 눈으로 동희를 쳐다보았다.

"응. 마시고 싶어. 마시자."

아저씨는 국밥을 탁자 위에 놓았다.

"소주 한 병 주세요."

술은 가슴으로 싸하게 스며들었다. 오랜 시간 동안 버스를 타서 그런지 속이 울렁거렸다. 동희는 밖으로 나와 전봇대를 붙잡고 컥컥거리며 토했다. 채성이는 동희 등을 연신 두들겼다. 여인숙을 찾아 들어갔다. 주인 여자가 동희를 위아래로 훑어보고 골방으로 안내했다. 골방에서는 퀴퀴한 냄새가 났다. 그날 밤은 그것도 고마웠다. 채성이는 약을 사서 동희에게 먹였다. 동희는 밤이 깊어서야 더부룩하던 속이 편해지면서 잠이 들었다. 눈을 떠보니 창호지 창문 밖으로 동이 트고 있었다. 동희는 밖으로 나와 골방 옆길을 따라 걸었다. 공동 세면장과 화장실이 있었다. 동희는 물로 입안의 이물질을 헹구어 냈다. 세수하고 방으로 들어와 채성이 곁에 누웠다. 채성이는 자지 않고 있었다. 채성이는 동희를 안았다. 보드라운 속살의 접촉이 참으로 황홀했다. 부모에게 교육받지 않아도 남녀의 짜릿한 행위는 어쩜 그렇게 잘할 수 있는지. 동희는 여인숙을 나와 바닷가 모래 위를 걸었다. 채성이가 하루 더 머무르자고 했지만, 호주머니에는 겨우 교통비밖에 없었다. 터미널에 도착하자 동희는 마을로 가는 버스를 탔다. 채성이는 다음 버스를 타라고 했다. 동희는 대문을 밀쳤다. 엄마는 툇마루에서 져가는 햇살을 받으며 감자 모종을 쪼개고 있었다.

"엄마! 여기서 뭐 하는 거야? 어제 오지 않아서 걱정했지?"

"내 딸 걱정 안 한다. 마을 어르신이 작고하셔서 일이 많았다. 졸업식에 참석하지 못해서 미안하구나."

"아니야. 엄마가 졸업식에 안 와서 친구들과 놀 수 있었어. 고맙습니다. 엄마!"

동희는 엄마에게 죄를 지은 것 같았다. 방으로 들어갔다. 어제 일들이 주마등처럼 스치고 갔다. 오늘따라 서산으로 지는 일몰이 스산하기만 하다. 동희는 불안했다. 동희는 정제가 있는 싸리문으로 나와 정자가 있는 공터로 갔다. 그곳에는 뜻밖에 채성이가 먼저 와 있었다. 밤이 깊어가고 마을 사람들은 아무도 보이지 않았다. 채성은 정자로 올라갔다. 동희도 뒤따랐다. 그들은 다듬이질하는 가슴을 주체하지 못하고 정자 바닥에서 그 행위를 하고 말았다. 희미한 달빛이 슬렁슬렁 구름 사이를 오가며 철없는 동희를 지켜보았으리라. 동희는 싸리문을 살짝이 밀었다. 신발을 벗어 양손에 들고 가만가만 걸어가는데 엄마가 정제 앞에 서 있었다. 동희는 심장이 멎어버리는 줄 알았다. 희미한 달빛에 엄마의 표정은 뚜렷이 보이지 않았다.

"정자에는 왜 갔느냐? 이 늦은 밤에 다 큰 처녀가 겁도 없이. 들어가 자거라."

엄마는 고무신을 끌며 마루로 올라갔다. 엄마가 정자에 왔을까. 동희의 마음은 초조했다.

동희는 대학에 입학했다. 여자 혼자 지내면 걱정된다고 엄마는 기숙사 생활을 원했지만, 동희는 방을 얻어 달라고 했다. 엄마는 학교 근처에 방을 구해주었다. 봄의 햇살은 등을 따스하게 했다. 캠퍼스에는 꽃들이 화려하게 피어나고 있다. 동희는 갑자기 속이 울렁거리고 토할 것 같았다. 약국에서 소화제를 사려고 하는데 부산 일이 생각났다. 설마 하고 달력을 보았다. 깜짝 놀란 동희는 산부인과를 찾아갔다. 의사는 임신이라고 했다. 동희는 고민하고 또 고민하다가 채성이가 다니는 전문대를 찾아갔다.

"주말도 아닌데 무슨 일이야?"

"그냥 왔어. 설렌 마음으로 왔는데 겨우 무슨 일이냐고?"

"느닷없이 와서 당황했잖아. 점심은 먹었어?"

"아니."

"나가서 라면이라도 먹자."

"그보다 할 이야기가 있어."

채성이는 한적한 곳 의자에 앉았다. 동희도 그 곁에 앉았다.

"혹시 정말 혹시나 말인데 내가 임신을 했다면 너는 어쩔 거야?"

"왜 그런 말을 해? 너하고 결혼은 아니잖아. 어머니는 너희 엄마와 자매처럼 살고 있어. 우리 남매 고등교육까지 책임져 주시고, 병고로 고생하신 할머니를 친정어머니처럼 보살펴 주셨어. 어머니는 꼭 성공해서 그 은혜 갚으라고 귀가 닳도록 말했어. 그때 부산이나 마을 정자에서 있었던 일은 갑자기 벌어진 돌발 행동이었잖아."

"정말 그렇게 생각해? 그 산길에서 뱀을 잡은 네가 왜 그렇게 대단해 보였을까? 왜 그렇게 멋졌을까. 너같이 책임감 없는 놈을. 알겠다. 알겠어. 그런데 왜 이렇게 기분이 더럽냐."

동희는 의자에서 벌떡 일어나 빠른 걸음으로 학교를 나왔다. 채성이는 뒤따라오지 않았다. 동희는 돌발이라는 단어에 자존심이 너무 상했다. 구차하게 매달리고 싶지도 않았다. 다시는 찾지 않겠다고 다부지게 마음먹었지만, 한편으로는 겁도 났다. 아이를 유산 시키는 것은 더 무서웠다. 그럭저럭 임신 5개월이 지났다. 동희는 헐렁한 옷을 입고 마을로 내려갔다.

"엄마! 사랑해. 엄마."

"내 딸 좋은 일 있어? 혹시 장학금이라도 받은 거냐?"

"아니, 그냥 엄마가 좋아서."

다음날 동희는 엄마를 따라 과수원에 갔다. 새색시 볼처럼 복숭아가 익어가고 있었다. 창고 안에는 채성 어머니가 복숭아를 선별하고 있었다. 엄마는 가장 잘 익은 복숭아 껍질을 벗겨 주었다. 동희는 엄마 눈치를 살피면서 조심스럽게 물었다.

"엄마, 방이 좁고 창문이 없어서 연탄가스가 스며들까 봐 무서워. 창문이 있는 방으로 옮기고 싶어요."

"연탄가스가 무섭다고 하던데, 서둘러서 방 알아보거라."

엄마는 안심하고 거주할 수 있는 곳을 마련해 주었다. 동희는 학교를 휴학하고 아르바이트를 시작했다. 아이 출산할 비용을 마련해야 했기 때문이다. 예정일이 다가오자 불안했다. 그동안 저축한 통장을 펼쳐 보았다. 아이 출산 비용으로는 충분한 액수였다. 병원에 가보았다.

"선생님, 예정일이 가까워지니 불안합니다."

"그렇지 않아도 아이의 위치가 좋지 않아서 걱정이었어요. 수술하시겠어요?"

"예, 그렇게 하겠습니다."

제왕절개수술은 방향에 따라 금액이 달랐다. 가로로 수술하면 미를 생각한다는 이유로 5만 원이 더 추가된다고 했다. 물론 선택할 수 있었다. 수술하러 가던 날 엄마가 너무 보고 싶었다. 잡생각에 잠겨 있는데 사람들의 분주한 소리가 점점 희미해지면서 정신을 잃었다. 얼마 동안인지는 몰라도 정신이 돌아오자 살며시 눈을 떴다. 하반신이 묵직했다.

"정신이 드세요?"

"네. 제 아이는요?"

"공주입니다."

동희는 일주일이 되던 날, 아이를 병원에 두고 퇴원했다. 아이가 황달기가 있어서 5일 동안 입원해야 한다고 했다. 아이를 두고 돌아서는데 눈물이 핑 돌았다. 일주일을 비워둔 집 방바닥을 더듬으면서 동희는 엄마의 포근한 품속이 그리웠다. 그동안 쌓인 먼지를 닦고 요를 깔았다. 연탄불이 활활 타나 방바닥이 미적지근하다. 동희는 이불 위에 엎드려 펜을 잡았다. 엄마가 무서워도 아이를 출산했다는 편지를 띄우고 싶었다.

보고 싶은 엄마!

울 엄마는 지금쯤 봄을 기다리겠네.

딸은 엄마가 유난히 보고 싶은데.

사랑하는 엄마가 원하는 딸이 아니어서 어떡하지.

그래도 딸은 엄마가 너무 좋은데.

엄마가 쪄준 고구마가 오늘따라 환장하게 먹고 싶어.

엄마가 생일 때 끓여주던 미역국도 생각나고.

땅속 깊이 묻어 둔 항아리에서 숙성된 노란 배추김치도 먹고 싶어.

아, 식혜도 먹고 싶다.

이 겨울이 지나면 어김없이 봄이 올 거야.

엄마는 이쁜 꽃을 볼 틈도 없이 바쁜 나날을 보내겠지.
그러니까 봄이 오기 전에 딸 보러 오라고 엄마!
엄마! 기다릴게요.
딸 올림.

처음으로 접하는 일들이 서툴고 힘들었지만, 통장에 차곡차곡 저금하듯 아이에 필요한 것들을 미리 준비해 놓았다. 동희는 병원에서 아이를 데리고 집으로 왔다. 세상에 이렇게 신기할 수가! 만지면 터질 거 같은 보드라운 볼을 어루만지며 아이를 요 위에 눕혔다. 꼭 쥐고 있는 손가락을 펴 보았다. 하나, 둘, 셋, 넷, 다섯. 손가락이 정말 신기했다. 발가락을 펴고 하얀 백지에 인주를 발라서 발 도장을 찍었다. '이 발이 자라서 세계를 누비고 다니겠지.'

엄마는 편지를 읽고 쌀, 고구마, 미역과 김치를 가지고 왔다. 엄마가 부엌으로 들어설 때 동희는 아이를 목욕시키고 있었다.

"동희야, 지금 뭐 하고 있나? 이 아이는 누구야?"

"엄마, 아이 추우니까 문 닫고 들어와. 이야기해 줄게."

엄마는 아이 목욕시키는 걸 도와주고 서둘러서 미역국을 끓여서 상을 차려주었다. 동희는 그동안 일어났던 일을 진솔하게 털어놓았다. 함구하고 있던 엄마는 아침에 피는 나팔꽃처럼 이슬 맺힌 눈동자로 빙긋이 미소를 지었다.

“아이를 출산했구나. 정말 꿈만 같다. 내 딸 참말로 축하한다. 채성이도 좋아하겠다. 자식을 보면 마음이 변할 것이다. 건강만 잘 챙겨라.”

엄마는 더 이상 말이 없었다. 엄마는 시골 일들이 눈앞에 아른거렸겠지만 아이 곁에서 3주 동안 몸조리를 해주었다.

“내일은 마을에 내려가야겠다. 채성이 어머니하고 아이 문제는 의논해 보마.”

“엄마, 죄송해요. 잘하고 살게요.”

“지금도 내 딸은 잘하고 있다. 엄마도 할 얘기가 있는데 들어 줄 수 있겠냐?”

“예. 엄마 얘기라면 무조건 듣고 싶어요.”

엄마와 나란히 누워본 지가 언제였던가. 엄마는 어둠 속에서 이야기 보자기를 풀었다.

“엄마는 아빠 직업이 좋았다. 그때는 교사가 남편감으로는 최고였어. 엄마는 스물일곱 살 늦은 나이에 결혼했어. 시어머니 슬하에는 3형제가 있었고. 아빠는 3대 장손이었다. 반년이 지나도 아이가 없자, 시어머니 걱정이 대단했어. 1년, 3년, 5년이 흘러도 아이 소식이 없자, 친정엄마가 용하다는 곳을 찾아다니며 한약도 지어오고 절에서 불공을 드리기도 했어. 심지어 굿도 해보았지만, 삼신할머니는 아이를 주지 않더라. 엄마는 더 이상 버티고 살 힘이 없더라. 그날은 비가 오지게 쏟아지더구나. 채성이 어머니는 가지와 호박을 장에 팔러 갔었다. 물건을 다 팔고 돌아서는데 방앗간 아줌마가 붙잡고 물어보더란다. 그 마을에 학교 선생님이 여선생하고 바람났다고 하던데 모르냐고. 엄마는 며칠 후에 설마 하고 시어머니를 찾아갔다. 시어머니는 오래전부터 잘 알고 있는 아가씨라고 했어. 그때 엄마는 혼자라는 생각이 들었다."

"정말, 아빠가 그랬어?"

"아빠는 시어머니가 무릎 수술하고 그곳에서 살고 있었다. 그 여교사는 부유한 가정의 처녀였고 직업이 교사여서 시어머니가 좋아했단다. 그 여교사가 아버지와 1년을 교제하고 있었는데 엄마는 모르고 살았어. 그 여교사는 딸 쌍둥이를 시어머니 집에서 출산했더라. 시어머니는 엄마가 불쌍했는지 여선생의 조건을 들어 주면서 딸아이를 엄마에게 주었어."

"그 조건이 뭔데요?"

"이혼이었다. 아빠는 시어머니 말이 곧 법이었어. 엄마와 살면서 아빠는 시어머니와 언성을 높인 적이 없을 정도로 효자였다. 어느 초여름이었어. 아빠가 동이 트기도 전에 대문을 밀고 들어왔어. 갓난아이를 솜 이불에 둘둘 말아서 내 품에 안기더라. 그리고 새끼줄에 숯을 달아서 대문 위에 달아놓고 말없이 돌아섰다. 다음 날, 시어머니가 찾아와 아이를 보낸 사연을 진솔하게 털어놓았어. 시어머니는 내 눈치를 살피더니 아빠와 이혼해 주기를 간곡히 애원했다. 엄마는 망설이지 않았다. 아빠는 과수원과 야산을 주면서 이 말을 남기고 떠났다."

—내가 3대 장손만 아니었다면, 당신처럼 천성이 고운 여인을 떠나야 할 이유가 없는데. 대를 이어야 한다는 어머니의 굳은 의지 때문에 어쩔 수가 없었소. 정말 미안해요. 당신의 삶에 이 아이가 힘이 되기를 간절하게 바라오.

엄마는 숨을 몰아쉬고 이야기를 이어갔다.

"가을비가 추적추적 내리던 날, 시어머니가 찾아왔어. 내 딸이 타박타박 걸어 다니며 재롱부릴 때쯤이지. 시어머니는 손가락에서 쌍가락지를 빼더니 내 손가락에 끼워주며 말했어. 이 반지의 주인은 엄마라고 하더라. 엄마는 차마 시어머니에게 반지를 내팽개치지 못하고 그 반지를 지금도 끼고 있다. 시어머니가 너를 보고 싶어 했는데, 엄마는 불안해서 너를 보여 줄 수 없었어. 어디서 그런 오기가 생겼는지 몰라. 엄마는 시어머니 저녁도 주지 않고 어둠 속으로 떠밀어 버렸어. 그게 시어머니와 마지막이었다."

"아, 그래서 내가 할머니를 모르고 살았구나. 내가 할머니 집을 가보기는 했나? 기억이 없어. 엄마."

"엄마가 들락거리지 않았는데 네가 어떻게 할머니 집을

알겠냐. 내 딸이 결혼하고 자식을 낳고 살면 옛이야기처럼 진실을 말하고 싶었다. 너도 생모가 누군지는 알 권리가 있지 않겠냐. 세상에 비밀은 없어. 엄마가 수십 년을 끼고 있는 이 반지도 이제 딸에게 주려고 한다. 엄마는 이혼하고 의지할 사람이 없었어. 마음이 공허할 때 채성이 엄마는 내 곁에서 고목나무처럼 변함없이 엄마를 지켜주었어. 그 사람이 없었다면 이 많은 재산을 이룰 수 있었을까. 지금은 마을 사람들이 부자가 되어서 쌀밥 먹고 자식 교육도 걱정 없지만, 네가 초등학교 다닐 때만 해도 마을 아이들 육성회비가 집마다 걱정거리였어. 엄마는 과수원에서 나온 수입을 마을 아이들 육성회비로 썼다. 처음에는 아이들이 안타까워서 했던 일이 해가 갈수록 의무감으로 느껴지더라. 학생들 때문에 가슴이 벅차고 행복한 날도 많았어."

"엄마는 참 대단한 사람이야. 내가 학교 다니면서 착한 딸도 아니었는데, 한 번도 화낸 적이 없잖아?"

"마을에서 초등학교 다니는 학생이 아마 스무 명도 넘었다. 네가 학교에서 지각한 것도, 복도에서 두 손 들고 벌서는 것도, 남학생들과 싸움한 것도 엄마는 다 알고 있었다."

"그런데 왜 엄마는 화내지 않았던 거야?"

"엄마가 아니라면 내 딸이 생모와 떨어져서 살 이유가 없으니까. 너에게 늘 미안했다."

"내 학교생활을 엄마는 다 알고 있었네. 수십 년 동안 엄마가 겪은 고통과 외로움을 어떡하면 좋아."

동희는 어둠에 묻혀있는 엄마 품속을 더듬더듬 파고들었다. 차마 만져 볼 수 없지만, 엄마 얼굴에는 물이 흥건히 고여서 양 볼 사이로 흐르고 있을 거 같았다. 엄마는 가슴속에 꾸역꾸역 구겨 놓았던 비밀을 이제야 털어놓았다. 엄마는 고된 숨을 쉬며 잠이 들었다. 동희는 밤새 뒤척거렸다. 엄마의 삶이 애잔했다. 다음 날 아침, 엄마는 미역국을 끓여놓고 마을로 내려갔다.

곰살맞은 아이가 죽순이 자라듯 하루가 다르게 커가는 모습이 매일매일 신기하기만 했다. 아이와 눈이 마주칠 때 웃는 모습은 참으로 아름답다. 엄마는 옷, 장난감, 색동 백설기를 챙겨서 백일 전날 오셨다. 엄마는 분주하게 음식을 장만했다. 엄마의 사랑에 동희는 늘 죄송하면서도 감동이다. 동희는 은근히 채성이 소식이 궁금했다. 하지만 엄마에게 물어볼 수 없었다. 엄마는 아이를 안고 대문 쪽을 자주 응시했다. 엄마는 채성이 어머니를 기다리는 것 같았다. 점심때가 돼서 채성이와 아주머니가 도착했다.

"멀미는 안 했는가?"

엄마는 아주머니에게 아이를 안기며 말했다. 아주머니는 가방에서 금반지를 꺼내 아이 손가락에 끼워주었다.

"농사일이 널려 있으니 자네와 나는 서둘러서 내려가세. 채성이는 아이와 며칠 있으면서 반가운 소식 가지고 오시게."

엄마는 아주머니와 서둘러 마을로 내려갔다. 채성이는 말이 없었다. 그저 무표정한 얼굴로 아이를 바라보고 있다.

"이렇게까지 나를 비참하게 해야 했어? 무슨 생각으로 아이를 혼자 낳은 거야? 학교에 왔을 때 결혼할 수 없다고 분명하게 말했잖아. 내 어머니가 너희 집 식모라서 나를 무시한 거야?"

아이가 갑자기 울었다. 동희는 채성이 앞에서 젖을 물일 수가 없었다. 아이를 안고 옆방으로 갔다. 젖을 빨던 아이는 쌔근쌔근 잠이 들었다. 동희는 채성이 앞에 앉았다.

"너 자격지심이야. 왜 그런 말을 해? 나는 아주머니가 식모라고 생각한 적 없거든. 넌 그딴 생각을 한 거야? 정말 실망이다. 내가 학교 찾아가서 아이 얘기했을 때, 너는 단칼에 아니라고 했잖아. 병원에서 임신이라고 하는데 소중한 생명을 지울 수가 없더라. 네가 싫으면 어쩔 수 없지. 그냥 돌아가. 엄마가 정성 들여서 차린 아이 백일 음식이야. 아이에게는 첫 행사잖아. 음식이나 맛있게 먹고 가."

채성이는 상위에 있는 떡 몇 개를 집어먹고 아무 말도 남기지 않고 밖으로 나갔다. 동희는 붙잡지 않았다.

더워서 그런지 아이가 밖을 좋아했다. 동희는 아이를 안고 대문 밖으로 나갔다. 골목을 오가고 있는데 우체부 아저씨가 우편함에 편지를 넣었다. 동희는 우편함에서 편지를 꺼냈다.

백 번을 생각해도 아닌 것 같아서 말없이 내려와 버렸어.

내가 이렇게 못난 놈인 줄 몰랐다.

너는 내 집 사정을 모르는 게 없잖아.

지금도 엄마는 너희 집 가정부로 있고.

왜 나라고 부유한 집 사위가 되고 싶지 않겠어.

사내놈이라면 욕심 안 낼 놈이 어디 있겠냐.

송충이는 솔잎을 먹고 살아야 한다는데, 감히 너와 살 수 있을까.

살아왔던 환경이나 배경이 너무 다르잖아.

시간을 좀 줘. 내가 마음을 다잡아볼게.

내 모든 게 준비되면 멋지게 청혼할게.

채성.

동희는 편지를 읽고 딸 이름을 김소민으로 지었다. 채성을 더 기다릴 수 없었다.

어느새 소민이는 돌이 지나 뒤뚱거리며 걸었다. 엄마의

사랑은 끝이 없다. 엄마는 주저하지 말고 공부를 시작하라고 했다. 엄마는 도우미 아주머니도 보내주었다. 동희는 과감하게 진로를 바꾸었다.

3월의 매서운 바람은 한겨울처럼 추웠다. 소민이가 유아원 갈 나이가 되었다. 동희는 유아원 원장과 면담하고 문을 여는데 젊은 부부가 아이 손을 잡고 들어왔다. 순간 아빠를 두고도 볼 수 없는 소민이가 안쓰러웠다. 해맑게 자란 소민이가 다섯 살이다. 채성이 편지 받고 5년을 기다렸다. 동희는 공부에만 전념해서 그런지 채성이 얼굴도 희미하게 스쳤다. 동희는 열심히 준비해서 시험에 합격했다. 엄마의 밝은 목소리에서 환하게 웃는 모습이 그려졌다.

동희는 소민이와 마을로 내려갔다. 엄마가 평생소원이라고 했던 마을회관 건물이 우뚝 서 있다. 동희는 소민이 손을 잡고 회관 안으로 들어갔다. 아직 자재들이 군데군데 흩어져 있고 내부가 완성되지 않은 거 같았다. 동희는 휘 돌아보았다. 저 건너 창가 쪽에서 작업하고 있는 남자가 눈에 들어왔다. 그 남자는 분명 소민이 아빠였다. 동희는 자신도 모르게 소민이 손을 잡아끌고 돌아섰다. 채성이도 동희를 보았는지 소리쳤다.

"가지 마, 가지 말라고. 동희야."

채성이는 먼지로 누벼진 작업복을 입고 걸어왔다. 동희는 입술을 짓누르며 원망스러운 눈빛으로 쳐다보았다.

"왜 가지 말라고 하는데? 왜?"

동희는 채성이 목소리에 자신도 모르게 울컥 화가 치밀어 소리를 지르고 말았다. 채성이는 냉장고에서 물을 꺼내 마시고 긴 나무 의자에 앉으라고 했다. 소민이는 엄마가 소리치자 놀래서 눈을 동그랗게 떴다.

"엄마! 화났어요?"

"화 안 났어. 그냥 소리쳐 봤어. 놀랐어? 내 딸! 여기 앉아."

동희가 소민이 손을 잡았다.

"대학 졸업하고 목수 일을 배웠어. 너에게 청혼하려면 나도 무언가 보여주어야 할 것 같았어. 목수 일도 쉬운 게 아니더라. 내 첫 작품이 어머니 집을 기와집으로 바꾸어 준 거야. 동희 어머니가 평생 꿈이라고 했던 마을회관도 내 작품이야. 며칠 후면 이곳에서 어르신들이 장기도 두고 운동도 하시면서 지낼 수 있을 거야. 또 있어. 동희 어머니가 주신 야산을 일구어 사과나무를 심어서 작년부터 수익을 내기 시작했어. 부락에서 청년회장도 하고 있어. 이제는 너에게 청혼할 준비가 됐어. 네 소식은 어머니 통해서 알고 있었어. 그 어려운 변리사에 합격한 네가 자랑스럽다. 진심으로 축하해."

채성이가 소민이 곁으로 갔다. 소민이도 방긋 웃었다. 동희는 청혼을 받아들이기로 했다. 엄마는 결혼을 서둘렀다. 채성이는 결혼을 보름 앞두고 뱀을 잡으러 산에 올라갔다. 채성이는 가끔 뱀을 잡아 한약처럼 고아서 어머니를 드렸다. 채성이 어머니는 아들이 산에서 내려오지 않자 엄마와 산으로 올라가 불러보았지만, 메아리만 되돌아왔다. 엄마는 마을 사람들을 모아놓고 채성이 이야기를 했다. 그때 마을 어르신이 며칠 전에 채성이가 큰 바위 있는 곳으로 가는 걸 보았다고 했다. 엄마는 마을 사람들과 청년들에게 큰 바위 있는 곳으로 가보라고 했다. 청년들과 마을 사람들이 막대기를 저으며 큰 바위 있는 곳으로 가고 있었다. 그때 한 청년이 소리쳤다.

"여기 사람이 있어요."

순식간에 사람들이 그곳으로 모여들었다. 채성이는 벌레 물린 자국처럼 크고 작은 피멍이 팔과 다리에 있었다. 채성이 죽음의 고통스러움을 간접적으로 볼 수 있었다. 청년들은 약을 뿌리며 바위가 있는 곳을 올라가 보았다. 큰 바위 밑에는 깊은 동굴이 있었다. 동굴 속에는 여러 종류의 뱀들이 꽈리를 틀고 슬렁슬렁 기어다니는 뱀도 있었다. 청년들이 마을로 내려가 들것을 들고 왔다. 산길에는 뱀들이 스르륵 지나가고 죽어 있는 뱀도 눈에 띄었다.

결혼 날짜를 잡고 거주하고 있는 광주로 올라간 동희는 기막힌 소식을 듣고 믿을 수가 없었다. 동희는 부리나케 마을로 내려왔지만 무서워서 바위 밑에는 가지 못했다. 채성이 주검도 볼 수 없었다. 후문에 들린 소문에는 채성이가 숨진 곳에서, 더러 사람들이 뱀에 물려 죽었다고 했다.

여고 시절 때 채성이와 마을에 내려오지 않았다면, 산길에서 채성이가 뱀만 잡지 않았다면 채성이가 남자로 보이지 않았을 것이다. 고등학생이 뱀을 잡아들고 허약한 할머니에게 보약처럼 달여준다는 그 말이 왜 그렇게 감동이었는지. 동희는 영정 앞에서 딸을 안고 가슴을 쳤다. 부부의 인연은 하늘에서 맺어 주는 것일까. 동희는 채성이 얼굴을 찬찬히 쳐다보았다.

세월을 이기는 장사는 없다고 엄마도 나이가 들어가면서 주변을 정리하기 시작했다. 엄마는 어르신들에게 마을회관 건물을 선물했다. 기와집은 평생 자매처럼 지내던 채성이 어머니에게 주었다. 과수원과 야산은 동희를 주었다. 엄마는 산야가 곱게 물들던 날에 쌀, 고구마, 사과와 잡곡들을 가득 가지고 왔다.

"내 딸 동희야, 엄마 소갈비 좀 사다오. 갈비가 먹고 싶구나."

"소갈비를 사 달라고? 정말이야?"

"먹고 싶구나. 술도 한 잔 다오."

엄마가 술을 마시는 것은 처음 보았다. 엄마는 술도 소갈비도 싫어하는 줄 알았다. 엄마 사랑만 받았지, 엄마를 살뜰하게 챙겨 본 적이 없다. 엄마는 술기운인지 뜬금없는 말을 했다.

"무정한 양반, 독한 사람. 한번은 딸 보러 올 줄 알았는데 매정한 사람이야."

엄마 입언저리가 형광등 불빛에 바르르 떨렸다. 엄마의 마음을 조금만 더 일찍 헤아렸다면 아버지를 만나게 해줄 수 있었을 텐데 하는 아쉬움이 남았다. 엄마는 그해 눈송이가 날리던 날, 지병으로 죽음을 비켜 가지 못했다. 엄마의 사망 소식을 듣고 마을 사람들이 많이 슬퍼했다. 채성이 어머니는 마루를 치면서 몸부림을 쳤다. 평생 마을을 위해서 헌신하신 과수원 아주머니를 진심으로 존경한다면서, 엄마 산소 앞에 '과수원 아주머니 사랑합니다.'라는 비석을 세워 주었다. 당찬 엄마의 사랑을 가슴에 묻고 엄마 얼굴을 만지듯 비석을 어루만졌다.

"엄마! 무슨 생각 하는데 얼굴을 자주 찡그리고 그래?"

"옛날에 엄마가 살던 마을의 추억들을 생각했어. 이 근처에 카페가 있던데 커피 한잔할까?"

"응. 엄마도 봤구나?"

카페 정원은 소나무와 백일홍 나무로 아름답게 꾸며져 있다. 주차장도 넓었다. 밖에서 보았던 웅장한 모습과는 다르게 카페 내부는 소박했다. 이 카페는 특이하게 직원

모두가 아주머니였다. 동희는 쟁반에 빵과 젤리를 담았다. 젊은 직원이어야 매상을 올릴 수 있다고 했던 어느 카페 사장 말과 다르게, 이 카페는 십여 명의 아주머니들이 자주색 앞치마를 하고 있었다. 동희는 카페 주인에게 다가가 나지막하게 물었다.

“직원이 모두 아주머니인가요?”

“네, 바리스타 자격증과 제빵사 자격증을 소지하고 있는 아주머니들을 채용했어요. 무려 경쟁률이 10:1이었어요. 아주머니들은 친절하고 최선을 다합니다. 직장이 있다는 자부심도 대단합니다. 저도 칠순을 바라보는 할머니입니다.”

“정말요? 멋지십니다.”

“엄마, 내일 출근하려면 빨리 먹고 출발해야 해요.”

“알았어.”

“이번 여행에서는 무슨 생각이 그렇게 많아? 짜증 난다고! 딸하고 놀아 주지도 않고. 정말 이러기야?”

“그러게. 아주 짧은 만남이었던 아버지 생각도 하고 엄마 얼굴을 가슴에다 그려 보기도 했어. 벌써 엄마 얼굴이 희미하게 떠올라서 잘 그려지지 않아. 다음 여행지에서는 소민이 생각만 할게.”

“네. 엄마가 운전해요.”

“알았어.”

소민이는 창문을 열고 강을 향하여 손을 흔들었다.

다음날 동희는 채성 어머니 전화를 받았다.

"애미야, 정신이 자꾸만 흐려지는구나. 마을에 내려와서 집도 전답도 처분하여라. 내 손녀 소민이 좀 보여다오. 기다리마."

"네. 어머니."

'남자 복은 없는데 재산 복이라니.'

동희는 어처구니없는 표정으로 허공을 바라보았다.

어떤 것이
행복의 문인지

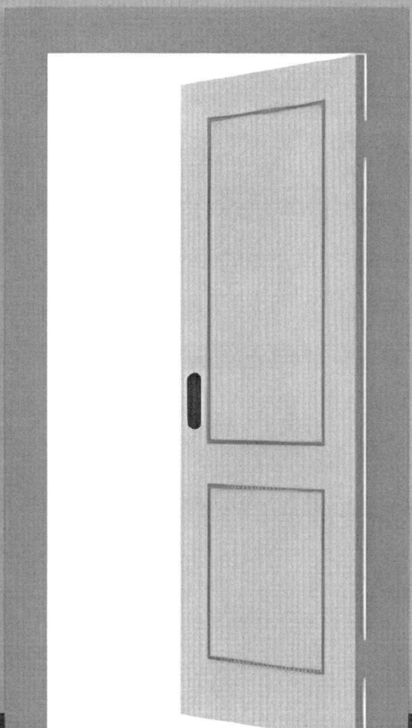

어떤 것이 행복의 문인지

이른 아침 전화벨 소리에 눈을 떴다.

"여보세요."

"안녕하세요. 카페 신축 공사할 때, 자재 판매하던 홍기섭입니다."

"사장님, 어쩐 일이세요? 반갑습니다."

"창호가 있는 곳을 알았습니다."

혜자는 뜬금없는 소식에 한참 동안 입이 떨어지지 않았다. 여보세요, 여보세요. 잔잔했던 사장 목소리가 쩌렁쩌렁 귓속을 누비고 다녔다. 홍기섭은 대답이 없자 전화를 뚝 끊었다. 묻어 버릴 만큼 세월이 흘렀어도 가슴에 응어리는 또다시 꿈틀거렸다.

창호. 창호. 전창호를 보았단 말이지.

방문을 열고 거실로 나왔다. 정화는 거실에서 신문을 펼쳐보고 있다.

"창호 있는 곳을 알았다고 홍기섭이가 아침부터 호들갑이네."

"홍기섭이가 누구야?"

"카페 공사할 때, 자재 팔았던 놈이야. 사무실로 찾아가서 정확하게 알고 싶은데 근무라서 어쩌지?"

"같이 갈까?"

"아니야. 이번에 만나면 육두문자가 막 튀어나올 것 같아. 요양사 근무만 부탁할게."

"그건 내가 알아서 처리할게. 마음 편히 다녀와. 탁자 위에 자동차 키 있어."

원장은 직원들 개인적인 일에도 많은 배려를 해준다. 혜자는 자동차 키를 들고 나왔다.

혜자가 요양사 자격증을 취득하고 처음 면접 보러 간 곳이 바로 정화 요양원이었다. 정화는 이력서를 보고 혜자를 쳐다보았다.

"너 혜자 맞지?"

"응, 정화 요양원 원장이 너였어?"

"이렇게 만날 수도 있구나. 이 서류는 뭐야?"

"요양사 일 하려고."

"사무실은 그렇고 4층으로 올라가자."

정화는 소박하게 살고 있었다. 은은한 향기가 좋아서 즐겨 마신다는 국화차 두 잔을 거실 탁자에 놓았다. 차를 마시던 해자는 자존심도 버리고 절박한 사정 얘기를 풀어 놓았다. 창호 얘기할 때는 달아오른 분함을 어찌할 줄 몰랐다. 정화는 남아 있는 차를 마저 마시고 혜자에게 물었다.

"지금 어디서 지내고 있어?"

"보증금도 없는 달방에서 살고 있어."

"너만 불편하지 않으면 저 건넛방으로 들어와. 같이 지내자."

"가족은?"

"내가 동창 중에 면장 아들하고 제일 먼저 결혼했지?"

"너 결혼식 날 대단했잖아. 여자들 극성 때문에 신혼여행도 못 갔잖아. 남편 나이가?"

"열세 살 위였어. 엄마가 면장 아들이라고 떠밀어서 시집 보낸 거야. 아주 행복한 결혼 생활은 아니지만, 부족함 없이 살았어. 남편은 자상한 사람은 아니었어. 결혼하고 10년이 지나도 아이를 갖지 못했어. 남편은 아이가 없어서인지 날이 갈수록 성격이 날카롭게 변하더니 폭행을 일삼더라. 생활비도 들쑥날쑥 남편 멋대로 주더라. 지옥 같은 생활을 2년을 넘게 보냈어. 나는 남편이 무서워서 거실에서 생활했어. 어느 날 출근 준비를 해야 할 남편이 기척이 없어서 안방 문을 열어도 남편이 아무런 반응이 없는 거야. 남편을 흔들었을 때는 이 세상 사람이 아니었어. 왜 사람이 죽으면 그렇게 무서울까. 부들부들 떨리는 손으로 경찰서에 연락하고 시어머니한테 연락했었지. 의사는 급성

심장마비라고 하더라. 남편이 죽고 시어머니는 재산 문제로 대단했어. 너도 상상이 되지? 시아버지의 넓은 아량으로 재산 정리하고 대출받아서 정화 요양원을 경영하게 되었어."

"그런 아픔이 있었구나. 지금부터 너는 내 친구가 아니고 나의 구세주야."

혜자는 홍기섭 사무실로 갔다. 홍기섭은 자재를 쌓고 있었다.

"사장님, 안녕하세요."

"일찍 오셨네요. 차 한잔하면 좋겠는데 시간이 없어요. 창호 명함입니다."

"감사합니다."

홍기섭은 부산을 떤다. 하기야 무슨 할 말이 있겠는가. 혜자는 내비게이션에 카페 주소를 입력하고 도로를 달렸다.

혜자는 딸아이 학교 엄마들과 점심을 먹었다. 엄마들 수다는 늘 들어도 재미있다. 엄마들과 헤어져 집으로 가는데 반장 엄마가 뒤따라오면서 헬스 하지 않겠냐고 물었다. 그렇지 않아도 겨우내 몸이 불어서 운동할 참이었다. 혜자는 반장 엄마를 따라갔다. 헬스장 내부는 넓고 시설이 잘되어 있었다. 반장 엄마는 트레이너에게 혜자를 소개했다. 트레이너는 혜자에게 유난히 친절하게 지도해 주었다. 한 달이 지나자 반장 엄마는 헬스장에 나오지 않았다. 어느 초여름이었다. 그 아름답던 꽃들이 지고 나뭇잎들이 녹음으로 빛나고 있었다. 운동을 마치고 나가는데 트레이너가 불렀다.

"누님, 시간 있으세요?"

"왜요?"

"저 남자 회원님이 저와 누님에게 점심을 대접하겠다고 하네요."

"저도요?"

"예. 누님도요. 우리 같이 가요."

혜자는 트레이너를 따라갔다. 한정식 음식점으로 들어갔다. 그 남자는 먼저 와 있었다. 그 남자는 반백의 머리카락이 매력이었다. 연배는 얼추 비슷해 보이는데, 복장이 캐주얼 차림이라 젊어 보였다. 어깨가 드넓고 눈동자가 반짝거렸다. 그 남자는 연신 앞머리를 손으로 치어 올리며 혜자를 주시했다.

"차 한잔하실래요?"

혜자는 가볍게 고개를 끄덕였다. 헬스장에서 띄엄띄엄 보아서 그런지 낯설지 않았다.

"양평으로 가다 보면 강 언저리에 멋진 카페가 있어요. 조금 멀기는 하지만 윤슬을 볼 수 있는 멋진 곳이에요."

"카페를 자주 다니시나 봐요?"

"네. 언제나 제 곁에 있는 절친과 자주 갑니다."

"절친이요?"

"네. 늘 껌딱지처럼 붙어서 다니지요."

"절친이 아름다우신가 봐요?"

"그럼요. 남자들은 한눈에 뿅 간답니다."

"얼마나 예쁘면 남자들을 한 번에 홀리나요?"

"뭘 그렇게 깊이 생각하세요. 그 절친 안에는 더 아름다운 여인이 타고 있어요."

"네?"

"제 승용차입니다. 하하하."

혜자는 어처구니가 없었다. 그는 미묘한 대화로 사람을 매료시켰다. 입구는 복잡했지만, 강을 내려다보는 카페 규모는 웅장했다. 그는 강이 한눈에 보이는 곳에 자리를 잡았다. 징징 진동벨이 울리자 그 남자는 커피와 빵을 가져와 탁자 위에 놓았다.

"정식으로 제 소개를 하겠습니다. 저는 전창호입니다."

"네, 저는 혜자예요."

"혜가 성인가요? 하하하. 웃자고 하는 얘기입니다."

"참 엉뚱하면서 재미있으시네요."

그는 입담이 개그맨보다 더 유창했다. 혜자는 창호의 독특한 이야기 속으로 빠져들었다. 저녁노을이 현란하게 강을 품어 가고 있었다. 그날 밤, 혜자는 잠을 이룰 수가 없었다. 눈만 감으면 창호가 아른거렸다. 다음날 혜자는 부리나케 헬스장으로 갔다. 창호는 벌써 와있었다. 운동이 끝나고 약속이라도 한 것처럼 자연스럽게 그들은 승용차를 타고 있다. 혜자 마음은 어느덧 창호 가슴속으로 파고들고 있다. 혜자는 마음이 들킬까 봐 애를 써 보았지만, 사과처럼 붉어지는 얼굴은 숨길 수 없었다. 창호는 승용차를 한적한 곳에 세우고 혜자 손을 잡았다. 남편에게 느껴보지 못한 야릇한 감정이 솟구쳤다.

"이러다 일 나겠어요. 돌아갑시다. 당신을 품고 싶은 충동이 일어나 순간 겁이 났어요. 더 이상 만나면 안 되겠어요."

창호는 손을 잡은 채 차를 돌려 도로를 달렸다. 다음날부터 창호는 헬스장에 나오지 않았다. 전화도 받지 않았다. 정말 알 수 없는 일이었다. 한 달이 지나서야 창호가 헬스장에 나타났다. 창호는 혜자 곁으로 다가와 속삭이듯 말했다.

"지하 주차장으로 오세요."

"무슨 일인데요? 운동도 안 하고요?"

"운동은 내일 하면 되죠."

도로를 달리던 창호는 혜자 손을 잡고 함구했던 입을 열었다.

"사업하는 친구와 급한 일 처리하느라 해외 다녀왔어요.

연락 못 해서 정말 미안해요. 점심은 제가 살게요."

"괜찮아요. 저는 중고등학생 딸이 있는 엄마예요. 아이들이 중요한 시기라 더는 만날 수 없을 것 같아요."

"그래야지요. 딸들 대학 보내려면 엄마의 손길이 가장 절실할 때지요. 마지막으로 커피 한잔하고 헤어집시다."

혜자는 영화배우 못지않게 세련되고 우아한 여인이다. 거기에다 재력도 탄탄하다. 세상 부러울 게 없는 여자다. 갑자기 몰아치는 태풍처럼 순식간에 창호를 가슴에 품은 자신이 너무 어처구니가 없었다. 차를 마시던 혜자가 자리에서 일어났다.

"아니, 벌써 가려고요?"

"큰딸하고 한 약속을 깜박했어요."

혜자는 승용차 있는 곳으로 갔다. 창호도 뒤따라왔다.

한참 도로를 달리던 창호가 핸들을 돌려 산속에 있는 모텔로 들어갔다. 혜자 가슴이 울렁울렁 멀미하는 것 같았다.

"여기는 왜요?"

"화 풀고 갑시다. 싫으면 할 수 없고요."

창호는 조수석 문을 열고 손을 내밀었다. 혜자는 손을 잡았다. 창호는 모텔 로비로 들어가 3층 객실로 올라갔다. 산골짝마다 녹음이 눈이 부시고 어디선가 뜸북뜸북 새 소리가 정겹게 들렸다. 창호는 샤워장을 나와 하얀 가운을 걸치고, 냉장고 문을 열어 맥주를 꺼내왔다. 그들은 맥주를 마시면서도 침묵이 흘렀다. 창호는 노련한 솜씨로 혜자를 안아 침대에 눕혔다. 창호는 가운 호주머니에서 향수를 꺼내 주위에 뿌리고 알몸에도 칙칙 뿌리고 달아오른 혜자의 젖무덤을 서서히 애무하고 입술을 포개려다 말고 넌지시 말을 던졌다.

"후회할 것 같으면 지금이라도 가."

"미친놈. 날 더러 지금 어쩌라고."

"한 번은 싫어. 이 시간이 지나면 내 품에서 벗어나지 못할 텐데 그래도 괜찮겠어? 잘 생각해 봐."

혜자는 아무 말도 할 수 없다. 눈을 감았다. 창호는 상상을 초월했다. 체력도 대단했다. 한 시간을 미친 듯이 혜자를 녹였다. 그날 밤 혜자는 남편 곁에 갈 수 없었다. 잠도 이루지 못했다. 그 후 남편이 다가오면 이래저래 핑계를 대가며 거부했다. 창호와 행복한 시간은 6개월도 가지 못했다. 어떻게 알았는지 헬스장에 모르는 회원이 없었다. 그 소문은 삽시간에 퍼져나갔다. 어느 날 딸아이가 학교에서 오더니, 가방을 내려놓고 다짜고짜 소리쳤다.

"엄마, 엄마가 정말 다른 남자하고 바람이 난 거야? 친구들이 숙덕거리는데 창피해서 고개를 들을 수가 없더라. 엄마 아니지?"

남편은 어이없는 표정으로 딸을 쳐다보았다. 혜자는 남

편을 쳐다볼 수가 없어서 말없이 현관문을 열었다.

'내가 지금 무슨 짓을 하고 다닌 것일까.'

밤하늘을 올려다보았다. 별도 달도 변함없이 자리를 지키고 있다. 이 복잡함 속에서도 핸드폰을 열고 숫자를 누르고 있다. 창호 목소리가 들린다. 핸드폰을 닫아 버렸다. 밤길을 정처 없이 걸었다. 공원이었다. 개천가 물줄기는 여전히 곡선을 타고 흐른다. 핸드폰이 울렸다.

"지금 어디예요?"

"그때 걸었던 공원이에요."

기다리라는 말을 남기고 전화가 뚝 끊어졌다. 창호를 보는 순간 원망의 눈물이 흘렀다.

"어쩌지? 가족이 다 알아 버렸어."

"이런 날이 올 거라 생각 못 했어? 내가 당신 행복하게 해줄게."

"머리가 터질 것 같아. 더 이상 말하지 마."

창호는 하루에도 수십 번 전화했다. 그 후 남편은 그 무엇도 묻지 않았다. 혜자는 그런 남편이 더 불편했다. 가을비가 추적추적 내리는 오후였다. 그들은 무작정 강릉으로 떠났다. 파도가 밀려오는 바다를 바라보며 창호가 말했다.

"새로운 삶을 설계해서 산다면 나는 당신에게 최고의 남자가 될 자신이 있는데 무엇이 두려워서 그래. 당신을 세상에서 가장 아름다운 여자로 살게 해줄게. 하나를 얻으려면 다른 하나는 잃을 줄도 알아야지. 사랑보다 더 소중한 것은 없어. 나만 믿고 이혼하고 같이 살자."

술은 참 묘한 끼를 부린다. 답답한 가슴을 황홀하게 해준다. 창호는 더 미친 듯이 혜자의 마음을 사로잡았다. 다음날, 혜자는 남편 출근 시간을 피해서 집에 도착했다. 유난히 집안이 낯설었다. 혜자는 집안일이 손에 잡히지 않았다. 방 청소를 하다가 화장대 앞에 놓인 메모지를 보았다.

—집에 오면 공장으로 와요.

남편은 화가 많이 나면 존댓말을 한다. 남편이 극도로 화가 난 것을 직감했다. 퇴근 시간에 공장으로 갔다. 남편이 고성을 지르며 화를 낼 거라 겁을 먹었는데 신기할 정도로 차분했다.

"당신한테 내가 무엇을 물어볼 수 있겠어요. 마지막 부탁이요. 장모님이 결혼 반대할 때를 한 번만 돌이켜봐요. 그래도 당신 마음이 흔들린다면 그때 정리합시다."

남편은 면사무소 직원이었다. 혜자 옆집에 사는 아이 아빠였다. 아이가 돌이 지났을 때, 뜻하지 않은 교통사고로 아내가 운명했다. 혜자가 고등학교를 졸업하던 날 남편은 화장품과 꽃다발을 가지고 학교에 왔었다. 철없는 마음에 혜자는 그 선물에 감동해서 남편을 좋아하게 되었다. 엄마의 반대는 감당하기 힘들었다. 남편은 자주 엄마를 찾아와 손이 발이 되도록 빌었다. 자식 이기는 부모 없다고 결국 엄마도 남편을 받아들였다. 엄마는 전답과 집을 남겨놓고 현금과 모든 걸 정리하여 동생이 경영하던 사탕 공장을 인수하여 남편에게 사업을 시작하게 했다. 남편은 모든 에너지를 공장에 쏟았다. 그렇게 남편에게 살길을 열어 주고 엄마는 췌장암으로 돌아가셨다. 엄마의 애간장을 녹이고 어렵게 결혼한 남편을 배신하고 창호를 선택하다니 참으로 기막힌 일이다. 차마 남편 차를 탈 수 없어서 버스를 타고 집으로 왔다. 며칠이 지나서 남편은 다시 물었다. 혜자는 남편하고 살 자신이 없었다. 창호도 잊고 살 수 없을 것 같았다.

“아직도 이혼하고 싶어요?”

“당신하고 더 이상 함께할 수 없을 거 같아. 이혼해 주세요.”

“변심한 마음을 어떻게 돌릴 수 있겠소. 그 대신 공장 명의는 내 앞으로 해줄 수 있겠어요?”

“그렇게 할게요.”

남편은 육두문자 한번 쓰지 않고 이혼해 주었다. 딸들은 소리치며 붙잡고 울었다. 법 없이도 살 남편과 딸들의 음성이 귓가에서 맴돌았지만, 혜자는 냉정하게 그 상황을 외면하고 창호를 선택했다. 혜자는 이혼하고 창호의 오피스텔로 들어갔다. 창호는 여행도 하고 운동도 하면서 혜자 곁을 떠나지 않았다. 어느덧 두 달이 지난 주말이었다. 창호는 아버지가 남기고 간 야산에서 카페를 하고 싶다고 동업자가 되어 달라고 진지하게 말했다. 창호의 눈빛은 간절했다. 사업가 기질도 다분했다. 창호는 카페 이야기를 자주 하면서 부동산 사장을 소개해 주기도 했다.

"아직도 더 고민해야 해? 당신, 나를 못 믿어?"

창호가 잠자리에서 꼭 안아 주며 속삭이듯 물었다. 혜자는 핑크빛 불빛을 받으며 고개를 끄덕이며 허락했다. 다음 날부터 창호는 분주하게 움직였다. 혜자가 가지고 있던 건물을 담보 대출받고 매물로 내놓았다. 잘 도와줄 것 같다면서 헬스장 트레이너도 끌어들였다.

"누님, 아저씨가 참 멋지죠? 사업에도 아주 박식하다고 지인들이 늘 말해요."

"내가 잘한 거 맞지?"

"그럼요. 저를 믿으세요. 제가 누님 도와드릴게요."

"동생이 있어서 안심된다."

혜자는 모든 일을 트레이너하고 상의했다. 신축을 한다는 게 쉬운 일은 아니었다. 자금이 끝없이 들어갔다. 급매로 주택도 처분하고 2층 건물도 처분했다.

"당신 힘들지? 카페가 준공이 나면, 당신 앞으로 등기해 줄게. 조금만 버티면 당신이 탄복할 카페가 우뚝 설 거야."

창호는 자금이 필요할 때가 되면 혜자에게 더 살갑게 했다. 혜자는 엄마가 남겨준 고향 땅을 하나하나 정리했다. 언제나 토지를 매도할 때는 트레이너가 동반했다. 그 많은 토지를 다 넘기고, 마지막으로 엄마의 사랑이 묻어 있는 슬라브 주택과 논시밭이 남아있었다. 한숨밖에 안 나왔다. '이건 안 되지. 안 되고말고.' 중얼거리며 입술을 질근질근 깨물었다. 창호는 그마저 처분하기를 원했다.

"당신 마음은 아는데 카페에서 수입이 나면 그 슬라브 주택과 논시밭을 제일 먼저 사줄게. 그리고 노후에 거기서 귀농하자. 카페는 믿음직한 트레이너에게 운영하게 해서 수입의 절반을 생활비로 쓰면 노후가 얼마나 멋지겠어. 팔자."

굳게 다진 마음이 창호의 말 한마디에 허물어져 버렸다. 급매로 내놓아서 그런지 금방 팔렸다. 혜자는 엄마가 남겨 준 모든 것을 몽땅 카페에 묻어 버렸다. 카페는 두 사람 앞으로 등기를 냈다. 건물은 웅장했지만 운영할 자금이 없어서 건물 담보대출을 받았다. 매출은 오르지만 이자 감당하기가 벅찼다.

창호는 변함없이 더 뜨거운 사랑으로 혜자 마음을 안심시켰다. 어쩐 일인지 화가 치밀다가도 창호 얼굴만 보면 바보가 되어 버렸다.

"은행 이자가 밀렸다고 원금까지 갚으라네. 정말 미안해. 마지막으로 한 번만 더 부탁할게."

"이제 아무것도 없는데, 무슨 부탁을 한단 말이야?"

"지인들한테 돈 좀 융통해 봐. 넉넉히 잡아 한 달이면 될 것 같아. 카페를 보여주면서 이자를 넉넉히 준다고 하면 어렵지 않게 빌릴 수 있을 거야. 대략 20명 정도를 카페로 초대해 주면, 그다음은 내가 해볼게. 그래야 빨리 당신 시골집을 살 수 있어."

혜자는 은행 이자가 무서웠다. 아이들을 키우면서 살았던 골목 아주머니들, 지인들과 친구들 30명을 넘게 카페로 초대했다. 웅장한 카페를 운영하는 멋진 남편을 보고 모두 혜자를 부러워했다. 창호는 유창한 말솜씨로 화려하게 대접했다. 창호는 갑자기 반주도 없이 가곡을 멋들어지게 불렀다. 처음 들어본 가곡 실력이었다. 다음 날 혜자는 한 사람씩 전화를 걸었다. 선이자를 넉넉히 준다고 했다. 기간은 한 달이라고 했다. 한 사람도 거절하는 사람이 없었다. 심지어 딸 결혼자금을 빌려주겠다는 전화를 받기도 했다. 약국 앞에서 노점상 하는 할머니는 손자 대학 등록금을 불려보겠다고 빌려주었다. 번듯한 건물만 보고 속사정도 모르면서 돈을 빌려주는 지인들을 보면서 마음은 편치 않았다. 창호는 돈을 빌리려고 무리한 날짜를 약속했다. 한 달이 지나고 이자를 보내지 않자, 전화통은 불이 났다. 사채 이자가 풍선처럼 부풀어 오를 줄 몰랐다. 자금을 조달한 것을 후회했다. 눈이 펑펑 내리던 날 혜자는 카페 모퉁이에서 먼 산을 바라보며 오돌오돌 떨고 서 있었다.

그때 창호가 카페 문을 열다 혜자를 보고 놀라서 뛰어왔다.

“당신 감기라도 걸리면 어쩌려고 그래? 들어가자. 아니 집으로 가자. 안 되겠다. 이 길로 바다라도 보고 오자. 당신 바다 좋아하지? 진지하게 상의할 일도 있고, 어서 일어나 떠나자.”

창호는 두서없이 호들갑을 떨며 혜자를 승용차 있는 곳으로 데리고 갔다. 바닷가에는 눈발이 날렸다. 창호는 바닷가 근처에 조명이 반짝이는 음식점으로 들어갔다. 아주머니가 꽃 모양을 낸 회 접시를 탁자 위에 놓았다. 창호는 화요 한 병을 시켰다. 창호는 글라스에 레몬과 얼음을 넣고 화요를 부어서 혜자에게 주었다.

“향이 좋아 마셔 봐.”

창호는 술잔을 비우고 넌지시 말했다.

“아무래도 카페를 처분해야 할 것 같아. 어제 부동산 사장 전화를 받았어. 카페를 인수할 작자가 있다고 하더라. 지금 처분해서 당신 지인들 돈 정리하자. 벌써 3개월이 지나서 당신 많이 힘들지? 이 기회에 처분하자.”

혜자는 정신이 번쩍 들었다. 지인들 돈만 갚으면 살 것 같았다. 그다음은 생각하고 싶지도 않았다.

“정말? 처분해서 지인들 돈부터 해결하고 싶어.”

그날 밤도 창호는 모든 에너지를 쏟아서 황홀하게 해주

었다. 다음날 서둘러서 부동산으로 갔다. 부동산 사장이 통장을 꺼내서 책상 위에 놓았다.

"공항에 가야 한다고 제 통장에 계약금 입금하고 조금 전에 갔어요."

"사장님, 계약서를 작성하고 계약금은 이 사람 통장으로 입금해 주세요."

"사모님, 계좌번호 주시면 제가 은행에 다녀오겠습니다."

"네. 알겠습니다."

혜자 가슴은 두근거렸다. 혹시나 일이 잘못되면 어쩌나 하는 두려움이 꿈틀거렸다.

"계약금이면 당신 지인들 원금과 이자를 해결할 수 있을 거야. 매수자가 이 카페가 정말 욕심이 났나? 아까운 생각이 드네. 당신도 아쉬움이 있지?"

"겁 없이 돈 빌려주고 고통받은 지인들 돈만 해결하면 살 것 같아. 지금 내 마음은."

혜자는 가슴속이 시원했다. 창호가 마음이 변해서 돈을 달라고 할까 두려운 생각이 들었다. 혜자는 오피스텔로 돌아와 30명이 넘은 지인들 원금과 이자를 쭉 적어 내려갔다. 정리하고 보니 겨우 20만 원 남았다. 허망했다. 사실 창호는 땅만 제공했지, 돈 한 푼 들이지 않았다. 혜자는 잔금을 받아서 시골 주택과 텃밭을 살 수 있다는 자그마한 꿈을 가졌다.

다음날, 혜자는 지인들을 카페로 불렀다. 커피를 대접하고 빌린 돈을 갚았다. 새처럼 하늘 높이 날아갈 것 같았다. 홀가분한 마음으로 오피스텔로 돌아왔다. 손발도 씻지 않고 침대에 누웠다. 그동안 쌓였던 피로가 겹쳤는지 수면제를 먹은 것처럼 깊은 잠에 빠졌다.

눈을 떴다. 해가 중천에 떠 있다. 방을 둘러보았다. 창호가 왔다 간 흔적이 없었다. 전화도 받지 않았다. 불현듯 불길한 예감이 들었다. 부동산으로 갔다. 문이 잠겨 있고, '내부 수리 중'이라고 걸려 있다. 카페로 갔다. 창호가 보이지 않았다. 직원이 다가와서 말했다.

"사모님, 어제부터 주인이 바뀌었어요."

이틀 사이에 이 모든 게 이루어지다니 기막힌 일이다. 창호를 만나면 알 수 있을 거라는 생각으로 오피스텔로 왔다. 언제 왔다 갔는지, 창호는 머리카락 하나 남기지 않고 짐을 꾸려 가고 없다. 혜자는 너무 기가 막혔다. 눈물도 나지 않았다. 저녁 열 시에 초인종 소리에 문을 열었다. 창호는 보이지 않고 아주머니가 문 앞에 서 있었다.

"누구세요?"

"월세가 3개월이 밀렸어요. 보증금으로도 모자라요."

"네? 뭐라고요? 남편이 그럴 리가 없는데요?"

"여러 말할 거 없어요. 토요일까지 방 비워 주세요."

아주머니는 냉철하게 돌아서서 엘리베이터 쪽으로 갔다. 오피스텔이 월세라니 상상도 못 한 일이다. 혜자는 쓰러지듯 침대에 벌러덩 누웠다. 천장이 무지갯빛으로 빙글빙글 돌았다. 문득 트레이너가 생각나 벌떡 일어나 헬스장으로 갔다. 트레이너도 그만두고 없다. 혜자는 계약금 받으면서 등기를 넘긴 것을 후회했다. 곰곰이 생각해 보니 창호는 친척도 친구도 소개해 준 적이 없다. 혜자는 오피스텔을 나와 보증금 없는 달방으로 들어갔다. 아무리 생각해도 잠적해 버린 창호를 찾을 길이 없다. 카페 신축할 때 자재를 납품해 주던 홍기섭 사무실을 찾아갔다. 홍기섭도 모른다고 했다. 창호의 소식을 들으려면 홍기섭에게 매달릴 수밖에 없었다. 매일 홍기섭 사무실에 출근해서 청소도 하고 자재도 날라주는 일을 했다. 두 달가량 지켜보던 홍기섭은 백만 원을 주었다.

"아주머니 사무실에 나오지 마세요. 창호 소식이 있으면 잊지 않고 전화할게요."

"사장님만 믿을게요. 도와주세요. 고맙습니다."

혜자는 돈을 가방에 넣고 사무실을 나와 길을 건너는데 홍기섭의 들릴 듯 말 듯한 말이 혜자 걸음을 멈추게 했다.

"누님이라고 부르던 그 청년이 창호 아들이라고 합디다."

상상도 하지 못한 그 말에 혜자는 그 자리에 주저앉았

다. 지나가던 청년이 다가와 어디가 불편하냐고 물었다. 그 청년이 트레이너로 보였다. 혜자는 벌떡 일어나 그 청년 가슴을 치면서 죽여 버리겠다고 소리쳤다. 그 청년은 미친 여자라면서 사정없이 혜자를 길바닥으로 밀쳤다. 그 청년은 두 손을 탈탈 털면서 성큼성큼 멀어져 갔다. 혜자는 한동안 길바닥에서 정신을 놓고 있다가 가방을 찾았다. 가방도 홍기섭이 주었던 돈도 먼지처럼 사라졌다. 호주머니를 털어 보았다. 동전 한 푼 없다. 다행히도 손가락에 누런 금반지 2돈이 끼워져 있다. 금은방을 찾아가 반지를 팔아서 달방으로 갔다. 혜자는 5년이라는 세월을 사기꾼 굴속에서 허우적거린 것이다. 엄마는 서른 살 연상인 재산 많은 영감을 홀려 딸을 낳고 영감이 죽자 아들 재산을 몽땅 딸 걸로 만들고 그 딸은 반반한 얼굴로 황홀함에 미쳐서 그 많은 재산 몽땅 사기당해 버렸다. 그 화목하던 가정도 버렸다. 피땀 흘려 모은 재산이 아닌 것들이 안개처럼 흔적도 없이 사라져 버렸다. 혜자는 지나간 날들을 성찰하면서 살겠다고 마음을 비웠다. 언제일지는 몰라도 창호를 만나면 왜 도망갔냐고 물어는 보고 싶다.

얼마 만의 외출인가. 창문을 활짝 열었다. 후덥지근한 바람이 창문으로 스며든다. 태양도 자연도 변함없이 여름의 향기를 뿜어낸다.

'이대로 끝까지 달리면 엄마를 만날 수 있을까.'

터무니없는 생각을 해본다.

'가족과 행복할 때 엄마를 그리워한 적이 있었나.'

창문을 닫았다. 머릿속은 창호 생각으로 가득 찼다. 상판대기를 보면 어떻게 해야 이 답답한 가슴이 뚫어질까. 막상 가보니 또 잠수해 버리고 없는 건 아닐까. 홍기섭도 한통속이 아닐까. 불안한 마음으로 목적지에 도착했다. 차에서 내려 사방을 둘러보았다. 야산 초입에 아담한 2층 건물이었다. 건물 주변에는 널찍한 마당과 텃밭이 있는 옛 기와집들이 군데군데 보였다. 혜자는 고향 텃밭이 떠올랐다. 한때는 고향에서 귀농을 꿈꾸기도 했는데, 어쩌다가 이 모양 이 꼴이 되었는지 자신이 한심스러웠다. 가슴이 벌렁거려서 미리 준비한 청심환을 꺼내 껌을 씹듯 질근질근 씹었다. 모자를 뒤집어쓰고 주위를 두리번거리다 카페로 들어갔다. 아메리카노 한 잔을 주문하고 직원에게 물었다.

"여기 사장님 성함이 전창호인가요?"

"사장님은 아니고, 이 카페 매니저인데요."

"지금 어디 있나요?"

"아직 출근 전이에요. 그런데 왜요?"

그때 진동벨이 울렸다. 주문한 것을 쟁반에 받쳐 들고 그 직원에게 부탁했다.

"매니저가 출근하면 2층에서 여자 손님이 기다리고 있다고 전해 주세요."

"네."

그 직원은 혜자를 물끄러미 쳐다보았다. 커피를 마시는 혜자 마음은 참으로 초조했다. 그때 계단으로 빠르게 올라오는 소리가 들렸다. 고개를 돌려 보았다. 청바지를 입고 빨간 줄무늬가 있는 남방을 입은 창호 모습이 보였다. 창호는 성큼성큼 걸어와서 혜자 앞 의자에 앉으려 했다. 혜자는 자리를 박차고 그 곁으로 갔다. 카페 손님들 앞에서 개망신을 주려고 머리카락을 잡으려 하자 창호는 차분하게 혜자를 꼭 안았다. 저 힘은 무엇일까. 그렇게 원망과 저주를 했던 창호를 어쩌자고 소리 한번 지르지 못하고, 맥없이 무너져 버릴 수 있는지. 창호 숨결에서 뿜어내는 향기와 포근함에 혜자는 의자에 주저앉고 말았다. 그들은 마주 보고 앉았다.

"잘 견디고 있었네. 죽지 않고. 술 한잔할래?"

혜자의 커피 위로 눈물이 뚝뚝 떨어졌다. 계절이 다섯 번이 바뀌는 동안 매일 가슴에 새겼던 것들이 뒤죽박죽 엉켜 버렸다. 창호는 주소를 두고 내려갔다. 혜자는 자동차 에어컨을 틀고 내비게이션에 주소를 입력했다. 여름 태양은 너무 따가웠다. 20분을 달려간 곳은 용인에 있는 한적한 찻집이었다. 창호가 먼저 와 있었다.

"아주머니 가능하다면 시원한 맥주 한잔할 수 있을까요?"

"술은 없어요."

"그럼 시원한 오미자차 두 잔 주세요."

창호는 고개를 들어 먼 곳을 바라보더니 말문을 열었다.

"그동안 내가 당신한테 했던 모든 게 거짓이었다면, 지금 내가 하는 얘기는 진심이라고 믿어줘. 믿지 못해도 어쩔 수 없지만 말이야."

"그래, 변명이라도 듣고 싶다. 사기꾼이 진실이라는 게 있을지는 몰라도. 말해."

"나는 서울 사당동에서 외아들로 태어났어. 부모님은 평범한 공무원 생활을 하고 있었지. 유년 시절에는 친구들이 부러워할 만큼 여유롭게 살았어. 엄마는 내가 변호사가 되기를 원했지만 나는 건축이 멋져 보였어. 대학을 졸업하고 대형 건설회사에 취업해서 꽤 인정받는 직원이었어. 그날 봄비가 종일 보슬보슬 내려서 그런지 술 생각이 났어. 때마침 회사 선배가 퇴근 후에 한잔하자고 하더라고. 그날 밤, 선배하고 미래에 대한 많은 얘기를 하다가 회사를 퇴사하고 건축 사업을 하자는 말이 나왔어. 그 선배는 박식하고 추진력과 말솜씨도 남달랐지. 왠지 모르게 그 선배가 믿음이 가더라고. 아버지 반대에도 내가 고집을 부리자 엄마는 엉엉 울면서 말리셨어. 그때 내 마음은 붕 떠버려서 회사를 그만둘 수밖에 없었어. 그때는 건축 경기가 좋아서 사업이 나날이 번창했어. 친구들은 사업가로 성공했다고 질투 좀 했었지. 한창 잘 나갈 때 나는 유치원 교사와 결혼했어. 그런데 운명의 장난이었을까. 신혼의 행복도 느끼지 못하고 위기가 왔어. 분당에 15층 건물 두 동을 짓고 있는데 갑자기 IMF가 왔지. 어음이 줄줄이 이어지는데 막을 재간이 없었어. 내가 가진 모든 것을 처분하고, 부모가 사는 주택이며 보험까지 해약해서 수습해도 빚더미에 올라앉고 말았어. 나는 아내에게 너무 미안해서 헤어지자고 했어."

창호는 그때를 회상하는지 찻잔을 내려다보았다. 창호가 하는 말이 진실로 들리지 않았지만, 혜자는 끝까지 들어보기로 했다.

"그 선배가 당신이 돈을 쏟아부었던 카페 땅 주인이야. 부동산 사장이기도 해. 헬스장을 소개해 준 반장 엄마가 고향 동창이라고 하더라. 당신 곁에서 껌딱지처럼 붙어 다니던 트레이너가 그 선배 아들이야."

"설마설마했는데, 정말 사기꾼들이었네. 아, 세상에 이런 일도 있구나."

혜자는 더 이상 목소리가 나오지 않았다. 창호의 동공을 찔러 아무 빛을 볼 수 없게 해버리고 싶었다.

"당신한테 사기 칠 생각은 없었어. 선배가 그 땅에 건물을 지어서 팔면, 그 이익금으로 빚도 청산하고 사업을 다시 시작할 수 있다고 했어. 당신이 투자한 액수보다 훨씬 더 줄 수 있다고 했었는데, 건축비가 생각보다 많이 들었어. 당신 계약금 먼저 주고 그 카페 팔아서 많은 돈을 손에 쥐지도 못했어. 자재를 판매하던 홍기섭도 선배 후배라고 하더라. 당신이 홍기섭 사무실에서 허드렛일하면서 나를 찾았다는 소식은 들었지만 바로 연락할 수 없었어. 거주할 곳이 없었거든. 이제야 빚 청산하고 당신과 거주할 공간을 마련해서 홍기섭에게 부탁했어."

반장 엄마가 다정하게 트레이너하고 속삭이던 장면이 빠르게 스치면서 엉켜있던 실타래가 하나하나 풀리는 것 같다.

"이제는 사는 게 외롭다. 나를 믿고 와. 행복하게 해줄게."

왜 내가 당신들의 대상자가 되었냐고 소리치고 싶었다. 혜자는 차 시동을 걸었다. 창호는 함께 살기를 간절하게 원했다. 요양원에 도착했다. 창호가 차 조수석에 던져놓은 봉투를 펼쳐 보았다.

행복하게 해줄게. 다시 돌아와. 길 것만 같았던 세월이 어느새 60을 훌쩍 넘어가고 있어. 당신 가슴 아프게 한 죄, 사랑으로 보답할게. 나는 부모도 자식도 없고, 당신 또

한 나로 인해서 딸들과 생이별하고 살고 있잖아. 당신 마음 정리되면 연락해. 데리러 갈게. 당신을 안고 싶다.

과연 창호라는 사람은 어떤 성정의 소유자일까. 정말 믿을 수 있을까. 간신히 마음 다잡고 살고 있는데 또다시 내 마음을 흔들다니 사랑이 무엇이길래! 그 힘이 이렇게 대단할까. 정말 아리송했다. 그날 밤, 잠이 오지 않았다.

다음 날 아침 햇살은 변함없이 창문 사이로 스며들었다. 혜자 마음은 변하고 있었다. 후덥지근하던 바람이 시원하게 느껴졌다. 창살에 엉겨 붙어 지겹게 울던 매미의 목소리도 정겹게 들렸다. 인간의 간사함을 새삼 실감했다. 정화 방문을 노크했다.

"창호를 만났어? 얼굴이 어제보다는 좋아 보이는데."

혜자는 어제 일을 하나도 빼지 않고 들려주었다. 정화는 잔잔한 미소를 머금었다.

"잘 선택할 거라 믿어. 이번에 선택한 문이 행복의 문이 되었으면 좋겠다. 실수하지 말고 잘 열고 들어가."

혜자는 딸들이 보고 싶을 때면 술로 그 마음을 달랬다. 창호가 잠적한 이후, 불면증이 심해지고 가슴이 답답해지는 화병이 생겼다. 창호를 만나서 재산을 돌려받지는 못했지만, 마음의 정리는 할 수 있을 것 같다. 정화만 괜찮다면 요양원에서 봉사하는 마음으로 어르신들을 보살피고 싶다. 가족에게 속죄하는 마음으로 살고 싶다.

정화 요양원은 매년 5월 어버이날 행사를 한다. 산야가 한눈에 들어오는 요양원 2층 야외 공간에서 자식들이 부모에게 편지를 낭독하고 푸짐한 음식을 어르신들에게 대접하는 날이다.

“정화 요양원은 어르신들을 위해서 아낌없는 사랑을 드립니다. 오늘은 어르신들 날입니다. 맛있는 음식 드시고 자식들과 행복한 시간 보내세요. 감사합니다.”

수수한 옷차림을 한 정화원장이 머리 숙여 인사를 했다. 혜자는 행사가 끝나자 어르신을 모시고 엘리베이터 앞으로 가는데 사무실 앞에서 창호가 손을 번쩍 들었다.

복자

복자

바람에 날리는 은행잎이 골목을 노랗게 물들인다. 아이들이 유년 시절을 보냈던 은행나무 골목은 10년이 지나도 변함이 없다. 낡은 남색 대문 앞에서 2층을 쳐다보았다. 초인종을 누르자 은은한 벨 소리가 울려 퍼졌다. 현관문이 열렸다.

"선숙아, 어서 들어와. 대문 열려 있어."

대문을 밀치고 계단으로 올라갔다. 현관 옆으로 국화꽃이 화사하게 피었다. 복자는 고구마를 쟁반에 담아 식탁 위에 놓았다.

"고구마가 맛있어. 꼭 밤 같아."

"정말 맛있네. 근데 너 얼굴이 왜 그래? 남편은 잘 있고?"

"잘 모르겠어. 선숙아, 저 담 옆에 있는 대추나무에 대추가 휘어지도록 열렸었어. 그 대추로 차를 만들었는데 맛이 좋아. 엄마가 보내준 고구마와 대추차 쇼핑백에 담아놨어. 갈 때 가지고 가."

"고마워. 그나저나 남편은 요즘 일찍 들어오니?"

복자는 고구마를 먹다 말고 창가 쪽으로 시선을 돌려 버렸다.

부모님은 십여 년 만에 딸을 낳았다. 아버지는 딸을 보더니, 복스럽다고 이름을 복자라고 지었다. 아버지는 마을 사람들을 모아 거하게 잔치도 했다. 아버지는 딸이 자라면서 자신을 닮아가는 게 늘 마음 아팠다. 딸이 고등학교를 졸업하자, 대학을 보내면 곁에 둘 수 없다는 불안감 때문에 대학을 보내지 못했다. 복자는 아버지의 간절한 마음을 알기에 공부를 중단하고 가정에서 부모님을 도왔다. 아버지는 신랑감을 주선해 보았지만 5년이 지나도 뚜렷한 방법이 서지 않았다. 아버지는 고심한 끝에 머슴 아들을 생각했다. 해가 질 무렵 들 일을 마치고 들어온 머슴을 사랑채로 불렀다.

"자네와 함께한 세월이 벌써 십여 년이 되었지? 항상 성실한 모습에 늘 감탄하네. 다름이 아니라 자네가 보다시피 나한테 자식이라곤 여식뿐이네."

아버지는 진지하게 말을 꺼내면서 머슴 눈치를 보았다. 머슴이 고개를 저으면 난감할 것 같았다. 한편 머슴은 일을 그만두라고 하지는 않을까 내심 불안했다.

"이보게 자네 아들과 내 여식을 혼인시키면 아니 되겠

나? 그러면 자네가 원하는 전답을 주겠네. 아들에게 넌지시 말해 보게나."

머슴은 뜻밖의 제안이라 어안이 벙벙했다. 매일 공주처럼 대하는 딸을 며느리로 맞이하고 전답을 원하는 만큼 주겠다는 주인의 말이 믿어지지 않았다.

"네. 알겠습니다."

이게 정말이라면 절호의 기회라는 생각에 머슴은 가슴이 뛰었다. 복자는 키가 작고 목이 짧지만, 마음씨만은 비단처럼 아름다운 처녀가 아닌가. 내 나이 육순이 넘어가는데 머슴살이 면할 재간이 없다. 눈 딱 감고 아들이 혼인만 해준다면 더 바랄 게 없을 것 같았다. 머슴은 아들을 불러 복자 아버지가 하던 말을 그대로 전달했다. 아들은 전혀 놀라지도 않고 거부감도 보이지 않았다.

아들은 단순하게 생각했다. 이 가난에서 벗어나는 것이 하늘에서 별 따기보다 어렵지 않은가. 복자와 결혼만 하면 아버지도 머슴살이 안 하고 자식으로서 효도할 수 있는 좋은 기회라는 생각이 들었다. 어찌 땅 한 뼘 없이 가난하게 살아 보지 않은 사람들이 이 마음을 알 수 있을까. 머슴 아들은 그 길로 복자 아버지를 찾아갔다. 복자 아버지는 머슴 아들 손을 덥석 잡으며 사랑채로 들어갔다.

"어르신 안녕하세요. 최두식입니다. 아버지가 어르신을 찾아뵈라고 해서 왔습니다."

"기다리고 있었네. 거두절미하고 말하겠네. 내 딸이 아비를 닮은 곱사 말고는 나무랄 게 없네. 자네가 딸하고 혼인만 해주면, 자네 아버지에게 섭섭하게 하지 않을 걸세."

"네. 어르신 따님을 잘 설득해 보겠습니다."

두식은 정중하게 인사하고 사랑채에서 나왔다. 왜 그렇게도 밤길이 어둠처럼 무거웠을까. 복자가 거절하면 그때는 어찌할까. 중고등학교 그 먼 길을 통학할 때, 가장 짓궂게 괴롭혔던 최두식이 아니던가. 그때를 기억하고 있지는 않을까. 마음이 복잡했다. 하지만 아버지만 생각하고, 무슨 수를 써서라도 복자와 결혼해야 한다고 마음을 다잡았다. 다음 날, 두식은 아끼던 바지와 줄무늬 셔츠를 입고 집을 나섰다. 대문을 밀고 들어갔다. 갑자기 들어선 두식을 보고 복자는 뒤돌아 마루로 올라갔다. 두식은 재빠르게 뛰어가 방으로 들어가려는 복자를 불러 세웠다.

"복자야, 너한테 할 말이 있어서 왔어."

"무슨 할 말?"

"바쁘지 않으면 나하고 얘기 좀 하자."

"무슨 얘기?"

"그냥. 이런저런 얘기. 바람 좀 쐬고 오자."

"참, 별일이다. 그럼 기다려 봐."

복자를 기다리면서 두식은 안채를 둘러보았다. 헛간에는 불을 지피는 장작이 산처럼 쌓여 있고 농기구들이 휴식을 취하고 있다. 그 옆 곳간 안에는 나락 가마니가 가득 포개져 있고, 큰 항아리들이 즐비하게 놓여있다. 천장을 쳐다보았다. 수많은 옥수수가 줄을 타고 매달려있고, 긴 새끼줄에는 벌건 감들이 대롱대롱 달려 있다. 아마도 곶감을 만드는 것 같았다. 집에는 고구마 둥지와 보리밥을 대바구니에 담아놓은 것이 매일 주식인데 두식은 놀라지 않을 수 없었다. 사랑채로 가는 담 옆 닭장에는 수십 마리의 닭들이 모이를 쪼고 있고 하얗고 누런 달걀들이 이곳저곳에서 뒹굴고 있었다. 우리에는 토끼, 돼지, 염소들이 노닐고 새끼 줄로 목을 두른 황소 같은 개 두 마리가 두식을 보고 컹컹 짖었다. 세상에 이런 부자가 있다니! 그런 사이 복자가 화사한 모습을 하고 마루에서 내려왔다. 조금 전만 해도 이 모든 걸 가질 수 있다는 생각에 황홀했는데, 복자를 보는 순간 어처구니없이 그 마음이 무너져 버릴 것 같았다. 복자의 키는 두식이 허리쯤 되었다. 두식은 앞서 걸었다. 복자는 뒤따라갔다. 오솔길을 걸어가다가 머뭇거리던 두식이가 물었다.

"두식이란 놈 어때?"

"뭐가?"

"나는 복자가 좋다고."

"정말? 지나가는 개미가 웃겠다. 너 나쁜 놈인 줄 알지? 남의 약점 건드려서 성취감으로 똘똘 뭉친 놈이 바로 너잖

아. 그렇게 잘난 놈이 무슨 이유로 내가 좋을까?"

친구들 앞에서 무시하고 놀리면 머슴 아들 주제에 껍죽거린다고 복자도 소리 질렀었다. 그런 두식이가 느닷없이 데이트를 신청하고 좋다고 하니 참으로 어이가 없지만 따지고 싶지는 않았다.

"학창 시절에는 생각이 짧아서 그랬지. 네가 부자라서 부러워서 그랬어. 그 앙금이 지금도 남아 있어?"

두식은 호탕하게 웃으면서 복자를 쳐다보았다. 산 중턱에 오르자 길섶 옆에 바위보다 작은 돌이 나란히 있었다. 두식은 손바닥으로 바위의 먼지를 닦고 앉으라고 했다. 아이가 재롱부리듯 두식은 복자가 웃을 때까지 개그를 했다.

복자와 혼인하기 위해서 반년 동안 마음에도 없는 정성을 쏟았다. 복자는 그 마음을 진심으로 받아들이고 결혼을 약속했다. 앙상한 가지에 나뭇잎들이 피어나는 봄날이었다. 어르신을 찾아갔다. 어르신은 활짝 핀 들국화처럼 웃으며 반겨 주었다.

"어르신, 따님하고 결혼하겠습니다. 대신 저도 어르신께 부탁이 있습니다."

"무엇이든 들어 주겠네. 어서 말해 보게나."

"혼인하고 고향을 떠나고 싶습니다."

어르신의 표정이 극도로 변했다. 순식간에 무거운 침묵이 흘렀다. 두식은 숨이 막힐 것 같았다. 고향을 떠나는 걸

허락하지 않으면 어쩌지 하는 불안감과 아버지가 기대하는 전답을 넉넉하게 주지 않으면 어쩌나 하는 생각이 머릿속을 어지럽혔다.

"꼭 고향을 떠나야 하겠는가? 딸을 곁에 두고 싶어서 자네에게 원하는 땅을 준다고 했는데, 자네가 마음을 돌리면 안 되겠나?"

"어르신, 이곳은 좁은 곳입니다. 결혼하면 수많은 낭설이 구름처럼 떠다닐 거예요. 잠시 고향을 떠나서 생활하다가 잠잠해지면 장인어른 곁으로 오겠습니다."

"그럼 내 딸을 자네만 믿고 보내도 되겠나? 너무 멀리는 가지 말게나."

"네. 잘살겠습니다. 어르신은 저와 약속한 전답을 아버지에게 주시면 됩니다."

두식은 장인의 반대에 굴복하지 않고 소도시 은행나무 골목에서 신혼생활을 시작했다. 그때 선숙이가 복자 앞집에서 살고 있었다. 두식은 고생하는 부모님 때문에 쥐꼬리만 한 애정도 없는 복자를 아내로 맞이한 것이다. 복자는 시골에서도 아기자기하게 집안을 꾸미는 것이 취미였다. 신혼집을 대궐처럼 꾸몄지만, 기대했던 신혼생활은 아니었다. 두식은 대궐 같은 집도 부자도 싫었다. 목표를 달성했으니, 이제는 자유롭게 날고 싶었다.

비가 추적추적 내리는 밤이었다. 초인종 소리에 대문을

열었다. 대문 앞에 남편이 쓰러져 있었다. 복자는 간신히 남편을 부축하여 현관으로 들어왔다. 그 큰 덩치가 쿵 하는 소리와 함께 거실에 나뒹굴었다.

"복자야, 이 생활이 지겹지도 않냐? 이혼하자. 이혼 좀 해주라."

두식은 거실을 데굴데굴 구르면서 고성을 지르고 몸부림치더니 잠이 들었다.

"선숙아, 처음에는 이혼 말이 나오면 무서웠어. 그런데 지금은 내가 이혼하고 싶다. 살아갈수록 행복이 아니라 지옥이야. 시집에 주었던 전답 팔아 건물이나 사서, 그 건물에 내가 좋아하는 화원 차리고 맘 편히 살 것을 무슨 부귀영화를 보겠다고 결혼했을까."

복자는 자리에서 일어나 창문을 활짝 열었다. 아마도 눈물을 감추는 거 같았다. 담 옆 대추나무에 매달려있던 붉은 잎도 복자의 마음을 아는지 바람과 함께 날아가고 있다.

선숙은 친구와 나눔 봉사 단체에 갔다. 목사 부부가 운영하고 있었다. 선숙이가 처음 갔던 곳은 환경이 열악했다. 20평 남짓 되는 원룸에서 30여 명이 생활하고 있다. 선숙은 봉사 날이면, 빠지지 않고 참석했다. 어느덧 3년째다. 그날은 오색 물감을 뿌린 듯 산야가 물들었다. 봉사를 끝내고 집으로 향하는 차 안에서 지석이가 조심스럽게 말했다.

"선숙아, 우리 같은 집에서 봉사하러 다니지 않을래?"

그렇지 않아도 지석이와 눈을 마주칠 때면 미묘한 느낌이 들어 늘 딴청을 부렸다. 어쩌면 선숙은 청혼해 주기를 은근히 기다렸는지도 모른다. 지석이는 회원들이 모인 자리에서 늘 봉사도 투철한 사명감을 가지고 해야 한다고 강조했다. 선숙은 그런 지석이가 믿음직스러웠다. 이 나눔 봉사 단체는 매년 겨울 난방비를 마련해서 4곳에 나누어 주는 행사를 한다. 무명 가수들을 초청하고 회원들이 즐기는 뜻깊은 날이다.

"선숙아, 행사하는 날 결혼식을 하면 어떨까? 비용도 절약하고 회원들의 축복도 받으면 좋을 것 같은데. 어떻게 생각해?"

"좋을 것 같아."

"부모님과 가까운 친척만 초대하고, 축의금이 들어오면 이번 행사에 기부하자."

선숙은 지석이 뜻에 따랐다. 그해 초겨울 행사 날, 목사님의 주례로 선숙은 앞치마를 두르고 지석이는 조끼를 입고 행사에 참여한 하객들의 축하를 받으며 결혼식을 했다. 어찌 그날 밤은 눈꽃 송이가 그토록 아름다웠을까. 그때 선숙이가 마련한 보금자리가 은행나무 골목이다. 지석이는 절약한 결혼 비용을 '이룰 수 있는 꿈'이라는 통장을 만들어 선숙에게 주었다. 지석이는 자상하고 정이 많은 사람이었다. 제아무리 바쁜 일이 있어도 가족이 먼저였다. 선숙이가 임신했을 때도, 아이가 세상의 빛을 볼 때도 늘 곁에 있었다. 그 어려운 산후조리도 손수 해주었다. 기념일이나 가족 행사에도 늘 함께했다.

딸 초등학교 5학년 여름방학 때 여수로 2박 3일 여행을 갔다. 가는 곳마다 한증막처럼 뜨거웠다. 인파는 벌떼처럼 모여들었고, 하얀 새털구름 같은 파도가 철썩거리는 바닷가에서 피서객들은 저마다 자태를 자랑하며 더위를 보내고 있다. 다음 날, 순천 갈대밭을 갔다. 앙상한 갈대들도 바람에 흔들리며 더위를 이겨내는 것 같았다. 벌교에서 꼬막 비빔밥으로 저녁을 해결하고 승용차에 올랐다. 고속도로는 차들이 꼬리를 물고 서서히 움직였다. 창밖의 공기는 어둠을 삼키고 무더운 날씨는 숨이 막힐 것 같았다. 딸아이는 피곤했는지 뒷좌석에서 곤히 자고 있다.

"당신도 잠시 눈을 감아."

남편의 말이 떨어지자마자 느닷없이 화물차가 중앙선을 넘더니 사정없이 남편 차를 들이받았다. '아!' 소리도 못하고 선숙은 정신을 잃었다. 눈을 떠보니 응급실이었다. 선숙은 몸을 움직여 보았다. 오른팔 어깨에 통증이 있고 두통이 심했다. 간신히 일어나 팔에 꽂혀 있던 바늘을 빼 버리고 간호사를 찾았다.

"제 남편 어디 있나요? 내 딸은 어디 있냐고요?"

선숙은 팔딱팔딱 뛰었다. 혼미해지면서 정신을 차릴 수가 없었다. 걸어갔는지, 날아갔는지, 어깨 통증이 있는지 없는지. 선숙은 간호사를 붙잡고 남편을 찾았다. 남편 곁으로 갔을 때는 이미 살아 있는 사람이 아니었다. 선숙은 딸을 찾았다. 딸아이는 현장에서 숨을 거두었다고 했다. 아니 몇 시간 사이에 사랑하는 남편과 딸아이를 저 지경으로 보내버린 화물차 기사를 물었더니, 간호사는 잘 모른다고 했다. 선숙은 남편을 부르지도 못하고 헉헉거리다가 바닥으로 쓰러졌다. 남편과 딸을 어떻게 보냈는지, 장례를 치르는 동안 울다가 쓰러지기를 반복하고, 눈 떠보면 수액이 혈관으로 뚝뚝 떨어져 스며들었다. 선숙은 약이라도 먹고 남편 곁으로 가고 싶었다. '어쩌자고 나만 살려 둔 거야. 신이 있다면 공평하게 데리고 가야지.'라고 소리치고 싶어도 입이 열리지 않았다. 죽고 싶다고 죽을 수 없고, 살고 싶다고 살 수 없는 게 운명일까.

늦은 시간 술에 만취가 된 두식은 맥주와 마른 오징어를 사 들고 집으로 들어왔다. 두식은 비에 젖고 술에 찌들어 있다. 밖에는 밤비가 사각사각 내렸다. 두식은 무언가 작심한 표정을 하고 빌빌 꼬아진 마른오징어 다리를 찢어서 껌을 씹듯 질근질근 씹었다. 거실에는 비릿한 냄새가 떠다녔다. 두식은 캔맥주 뚜껑을 우악스럽게 당겼다. 흰 물보라 같은 거품이 소복이 올라와 손등으로 떨어졌다. 두식은 그 거품을 입으로 빨고 나서 맥주를 벌컥벌컥 마시더니 소리쳤다.

"복자야, 복자야. 나에게 자유를 줘. 나는 너를 사랑하지 않아. 내 아내라고 누구한테도 소개하고 싶지 않아. 집에 들어오고 싶지도 않아. 우리 집이 경제적으로 어려워서 선택한 내 인생이 너무 비참하다. 복자야."

고성을 지르고 차가운 거실 바닥에서 데굴데굴 구르더니 드르렁드르렁 빈 깡통 굴러가는 소리를 내며 잠이 들었다. 복자는 가슴이 먹먹해졌다. 이제는 이혼밖에 길이 없다는 생각이 들었다. 거울을 보았다. 목이 짧고 볼록하게 혹처럼 붙어 있는 저 괴물이 없었다면 아버지가 전답을 주면서 머슴 아들하고 결혼하라고 했을까. 아버지를 닮지만 않았다면 외동딸에다 부자고 거기다 마음씨도 곱고 예쁜 아가씨를 남자들이 그냥 두었을까. 복자는 잡생각을 하면서 잠자고 있는 남편을 내려다보았다. 남편이 탐욕을 채우기 위해서 자신을 도구로 사용했다고 생각하면 미칠 것 같이 분했다. 다음 날, 남편은 아침도 먹지 않고 눈길도 주지 않은 채 출근했다.

결혼 후 남편은 늘 냉정했다. 따뜻한 가슴으로 품어 준 적이 없다. 결혼한다고 했을 때 입술을 포개고 포근하게 안아 주었던 것이 전부였다. 남편하고 결혼 생활이 이렇게 허무하게 끝난단 말인가. 복자는 침대 위에 누워 지나온 날들을 일기장 넘기듯 꼼꼼히 들쳐 보았다. 언제인가 술에 녹초가 되어서 들어온 남편이 다짜고짜 복자를 질질 끌고 안방으로 들어가 사정없이 침대로 밀쳤다. 복자는 침대 모서리에 이마를 박아 피가 흘렀다. 남편은 우악스러운 손으로 거칠게 옷을 찢어 버렸다. 남편은 한참 동안 복자를 내려다보더니, 그만 돌아누워 코를 골았다. 복자는 수치심에 몸서리쳤다.

'내가 저토록 싫단 말인가. 그래도 혹시나 마음을 돌리지 않을까.'

매일 기도했다. 애당초 아버지가 딸을 곁에 두고 싶어서 그 많은 땅을 주고 머슴 아들하고 결혼하기를 원한 게 아버지 욕심인 것을 무엇을 기대한단 말인가. 빨리 훌훌 털어버리지 못한 걸 한없이 후회했다. 억울한 눈물인지 콧물인지 모를 물줄기가 베갯잇으로 촉촉이 스며들었다.

남편은 배낭을 메고 말없이 집을 나갔다. 복자도 무작정 시골 아버지를 찾아갔다. 연락도 없이 불쑥 찾아온 딸을 보고 아버지는 반가워했다.

“밥은 먹고 다니는 거냐? 행색이 말이 아니구나. 어디가 아프냐?”

“아니에요.”

아버지는 연세가 많아서 노환도 있지만, 위암 수술을 받고 많이 쇠약해졌다. 엄마도 허리 협착증 수술 후 잘 걷지 못했다. 도우미 아주머니가 있지만, 어찌 부모님 마음에 쏙 들게 해주겠는가. 복자는 부모님 뵐 때마다 가슴이 터질 것 같았다. 사위라고 장인을 뵈러 온 적이 없다. 땅만 몽땅 주고 사위를 볼 수 없는 아버지 마음은 얼마나 허무할까. 재산이 많으면 뭐 하겠는가. 또한 딸이 있으면 뭐 하냔 말이다. 복자는 아버지를 요 위에 눕히고 조심스럽게 말을 꺼냈다.

“아버지, 아무래도 남편과 이혼해야겠어요.”

아버지는 딸 얼굴을 힘없이 쳐다보았다. 아버지의 애수에 찬 눈가가 촉촉이 젖어 들었다.

“내 딸 미안하구나. 아버지 욕심이었다. 그래도 네 시아버지가 내가 주었던 땅을 일구고 건넛마을에서 부족함 없이 살고 있더라. 그 또한 보람된 일이 아니냐.”

“아버지 죄송합니다.”

“그놈도 오죽 싫으면 그러겠냐. 보내줘라. 이제 아비도 건강이 좋지 않아서 내일을 알 수 없구나. 너도 아버지 곁으로 오지 말고 그곳에서 자리 잡고 살아라.”

"네. 이혼하고 생각해 볼게요."

"이제 모든 재산을 정리할 때가 되었다. 아버지가 부탁한 대로 처리해 줄 수 있겠냐?"

"네. 아버지."

"언덕배기 땅과 산 밑에 밭을 남기고, 야산을 고등학교에 기부하려고 한다. 돈이 없어서 배움을 갈망하는 학생들에게 길을 열어 주고 싶다."

"아버지가 늘 하신 말씀이잖아요. 아버지 뜻을 따르겠습니다."

어둔하게 또박또박 말을 이어가려고 애쓰는 모습이 안타까웠다. 아버지는 많은 재산을 학교에 기부했다. 아버지는 산야에 꽃들이 화사하게 피던 날 눈을 감았다.

아침에 창문을 열면 가슴이 확 트인다. 현란한 햇살이 소중한 비타민 D를 충분히 공급한다. 콸콸 흐르는 계곡물은 사랑에 메마른 내 가슴을 촉촉이 적셔준다. 밤이면 와상에 누워 빛나는 별들 속에서 남편 별과 딸 별을 찾아 나선다.

선숙은 산이 무너지는 아픔을 겪고 세상과 단절하고 싶었다. 배낭에 물을 넣고 이 산 저 산 정처 없이 헤매고 다녔다. 어느 주말 산을 오르다가 갑자기 화장실이 가고 싶었다. 선숙은 무작정 대문 열린 집으로 들어갔다. 노파는 텃밭에서 붉은 고추를 만지작거리고 아주머니는 돗자리를 펴고 빨간 고추를 널고 있었다.

"아주머니, 화장실 좀 사용할 수 있을까요?"

아주머니는 일어서서 화장실을 손으로 가리켰다.

"감사합니다."

아주머니는 말없이 고개만 끄덕였다. 산 초입에는 띄엄띄엄 주택들이 모여있었다. 복잡하고 북적이는 도시를 떠나 한적한 곳에서 거주하고 싶었던 선숙은 이곳이 마음에 들었다. 다음날 산을 오르다 무심코 부동산으로 갔다.

"아저씨 혹시 이 금방에 매물 나온 게 있어요?"

"네. 있어요. 가보실래요?"

아저씨가 소개한 주택은 뜻밖에도 어제 화장실 갔던 집이었다. 아주머니는 할머니 병원비 마련하려고 평생 살았던 집을 판다고 했다. 선숙은 사계절의 풍광이 그려졌다. 설렘도 있었다. 희망을 줄 것만 같았다. 선숙은 망설이지 않고 그 주택을 계약했다.

선숙은 손바닥만 한 텃밭을 돌아보았다. 잡초들이 여기저기서 빠끔히 고개를 내민다. 선숙은 호미로 땅을 헤집었다. 매섭던 겨울이 지나간 흔적인지 얼었던 흙이 바글바글 쏟아졌다. '이쁜 내 새끼들 심어야지.' 중얼거리며 땅과 한참을 속삭였다. 어제 봄비를 먹어서 그런지 나뭇잎들이 싱 그렇다. 초인종 소리에 흙을 파던 호미를 들고 대문을 열었다. 복자가 상기 된 얼굴로 검정 비닐봉지를 들고 대문으로 들어섰다. 복자는 비췻빛 하늘을 향하여 울먹이는 목소리로 고래고래 소리쳤다.

"이 나쁜 놈아. 잘 살아라. 잘 살라고."

"무슨 일 있어?"

"늦은 밤, 초인종 소리에 현관으로 나갔어. 누구냐고 물어도 대답이 없어서 계단을 내려가 대문을 열었어. 남편은 몸을 가누지 못하고 대문을 잡고 있더라. 그래서 내가 팔을 잡으려 하는데 남편은 내 팔을 사정없이 뿌리치고 대문밖에서 고성을 지르더라. 한밤중에 말이야. 그 순간 이혼을 결심했어. 하늘도 내 아픈 마음을 아는지 갑자기 피눈물 같은 빗방울이 뚝뚝 떨어졌어. 사실 이혼하려고 보니 도장만 찍어주면 되는 것을 왜 어렵게만 생각했을까. 그 홀대를 받으면서 말이야. 법원에서 서류 정리하고 돌아설 때 두식이가 꼭 안아 주더라. 어처구니없지? 살면서 남편 얼굴이 그렇게 평온해 보이는 것은 처음 보았어."

복자는 선숙이 집 근처로 이사 왔다. 복지센터에서 가곡, 수영, 기타를 수강한 복자는 배우는 것마다 습득력이 뛰어났다. 배움에 대한 욕심이 많은 복자는 요양보호사 자격증을 취득하려고 학원에 등록했다. 첫날이었다. 군데군데 남자 학원생이 있고 대부분 아주머니 학원생이었다. 복자는 맨 앞줄에 앉았다. 다리가 불편한 젊은 남자가 의자를 잡아끌었다. 복자는 일어나 가방을 받아서 책상 옆 걸이에 걸어 주었다. 강사님은 본인 소개를 했다. 그리고 학원생들에게도 본인 소개를 간단히 하라고 했다. 맨 앞줄에 앉은 복자가 자리에서 일어났다.

"저는 경골 마을에 사는 강복자입니다. 잘 부탁드립니다."

"장민철입니다. 저는 다리가 불편합니다. 그래도 여러분들과 무엇이든 함께 할 수 있으니 잘 부탁드립니다."

장민철은 늘 밝은 얼굴로 웃음을 선사했다. 처음에는 학원생들의 관심을 받지 않았던 민철이는 날이 갈수록 아주머니들 인기가 대단했다. 걸걸한 목소리로 유머가 풍부한 민철이는 늘 학원생들에게 즐거움을 주었다. 요양보호사 자격증을 취득하려면 요양원 실습이 필요했다. 민철이는 다리가 불편해도 늘 최선을 다했다. 요양원 어르신들은 민철을 무척 좋아했다.

"누님, 복자 누님, 시험 잘 봤어요?"

"대충 봤어. 자격증만 취득하면 되지 뭐."

"누님 시험도 끝났는데 저녁 먹고 가요."

민철이는 허름한 청국장집으로 들어갔다. 주인아주머니가 반가워했다. 아마도 자주 오는 단골식당 같았다. 민철이는 청국장 2인분을 주문하고 복자를 마주 보며 의자에 앉았다.

"저는 다정다감한 누님이 좋아요. 누님 만나고 싶어요."

"아니, 느닷없이 무슨 말을 하는 거야?"

"저는 이날을 무지 기다렸어요."

왜 이 순간에 전 남편이 스쳐 갈까. 왜 불행했던 시간이 스치는 것일까. 남자라는 존재를 다시는 생각하지 말자고 다짐했었다. 까무잡잡한 피부 서글서글한 눈매 유머가 남다른 민철이가 왠지 싫지 않다. 민철이 끈질긴 구애로 복자도 마음에 변화가 왔다. 고추가 붉게 물들고 있을 때 선숙을 찾아갔다.

"요양사 자격증 취득한 거야? 좋아 보이네."

"친구야! 남자라면 정말 싫은데 민철이는 왠지 모르게 신경이 쓰이네. 민철이와 살아 볼까?"

"너만 괜찮으면 시작해 봐."

"민철이가 초혼이라 조촐하게 결혼식 하고 싶은데."

"내가 준비해줄까?"

"그래. 그렇게 해주면 나야 고맙지."

선숙은 서둘러 결혼식을 추진했다. 나뭇잎이 곱게 물들 때, 선숙은 윗집 아저씨에게 주례를 부탁했다. 텃밭 옆으로 국화꽃 화분을 놓고 나무 탁자를 놓았다. 신랑과 신부가 힘차게 걸을 수 있는 야외 식장을 만들었다. 마당 사이 사이에 나무 의자를 놓았다. 마을 아주머니들 몇 분과 지인들을 초대했다. 복지관에서 함께했던 회원들을 복자가 초대하고 민철이가 학원생들을 초대해서 식장이 제법 북적북적했다.

"가장 멋진 곳에서 장민철 신랑과 강복자 신부가 결혼식을 합니다. 축하해 주세요."

선숙은 우렁찬 목소리로 사회를 보았다. 그들이 걸어가는 뒷모습을 보고 하객들은 눈물을 훔치기도 했다. 주례사가 겸손하게 말했다.

"사랑은 그 어떤 작물도 방해하지 않습니다. 행복은 신랑 신부의 믿음에서 나오는 겁니다."

주례가 끝나자 박수 소리가 산속으로 퍼져나갔다.

"푸짐한 음식을 밤새 장만했습니다. 맛있게 드시고 남은 음식은 가지고 가셔도 됩니다."

그날 신부의 모습은 참으로 아름다웠다. 하객들에게 인사하던 신부가 갑자기 마이크를 잡았다. 신부는 선숙을 쳐다보고 쩌렁쩌렁한 목소리로 말했다.

"새로운 인생을 열어 준 내 친구야! 너는 나의 영원한 보석이야. 잊지 않을게."

신부 옆에서 목발을 의지하고 있던 신랑은 양복 주머니에서 조그마한 보석 상자를 꺼냈다. 그 속에는 영롱한 진주 목걸이가 들어 있었다. 신랑은 진주 목걸이를 선숙이

목에 걸어 주었다. 하객들은 흔히 볼 수 없는 일이라고 힘찬 박수를 보냈다. 다음 날 복자는 신혼여행을 어머니가 계신 고향으로 떠났다.

복자가 고향으로 내려가고 1년이 훌쩍 넘어가는 봄날이었다. 전화벨이 울렸다.

"선숙아, 5월 21일이 딸 백일이야."

"딸 백일?"

"나, 혼전 임신했었어. 남편이 말하지 말자고 해서 숨겼어."

카랑카랑 들려오는 복자 목소리는 힘이 넘쳤다. 선숙은 복자 딸의 백일잔치에 참석했다. 민철이가 아이를 안고 왔다. 초롱초롱한 눈망울이 깨물고 싶도록 귀여웠다.

"요양원 건물이 아담하고 좋다."

"아버지 소원대로 고등학교에 부동산 기부하고 내 몫으로 남긴 부동산 정리해서 30명 정도 모실 수 있는 요양원 인수했어. 엄마도 이곳에 있어. 전 시어머니도 여기에 있더라. 세월의 무상함을 느낀다."

"전 시어머니가 여기에 있어?"

그들은 의자에 앉아 밀린 숙제를 하듯 두서없이 이야기 속으로 빠져들고 있었다. 그때 주차장으로 검정 승용차가 들어왔다. 차 문이 열리고 두식이가 내리고 뒤따라 여자가 내렸다. 복자는 소스라치는 몸짓으로 살림집으로 올라가 버렸다. 선숙은 다급히 사무실로 들어가 마스크를 하고 나왔다. 두식이 성큼성큼 걸어서 사무실로 왔다. 복자가 운영하는 요양원인 줄 모른 거 같았다.

"이쪽 테이블로 앉으세요."

"아닙니다. 약속이 있어서 지나는 길에 어머니를 뵙고 가려고 왔습니다."

두식은 사무실 직원의 안내를 받으며 어머니를 찾아갔다. 선숙은 요양보호사처럼 두식 어머니가 있는 곳으로 갔다. 두식 어머니는 초점 없는 눈으로 두식을 바라보았다. 두식은 숨을 몰아쉬는 어머니 가슴에 얼굴을 묻고 어깨를 들썩였다.

"어머니, 잘 부탁드립니다. 여보, 가자. 약속 시간에 늦겠다."

그 짙은 푸르름으로 마음을 풍성하게 했던 녹음은 사라지고 마른 나뭇가지들은 바람에 이기지 못하고 부서져 떨어졌다. 선숙은 골짜기 물 흐르는 곳으로 갔다. '콸콸 흐르는 물은 어디로 가고 있을까.' 사색에 잠겨 있을 때 핸드폰이 울렸다.

"선숙아, 오늘 요양원으로 올 수 있어?"

"왜?"

"두식이가 면회 신청을 했어. 가슴이 떨려서 혼자 볼 수 없을 것 같아."

선숙은 서둘러서 고속도로를 달렸다. 요양원에 도착했다. 정원에는 그 풍성하던 나뭇잎들은 사라지고 앙상한 가지 위로 까치가 깍깍거리며 오가고 있다. 선숙은 살림집으로 올라갔다. 거실에서 딸아이가 현관으로 자박자박 걸어왔다. 선숙은 아이를 덥석 안았다.

"남편은?"

"요양원에 내려갔어."

"두식이는 다녀갔어?"

"아직. 주철자 환자가 두식이 어머니야. 토요일에 면회 신청했다고 직원이 말해서 알았어. 난 아직도 두식이 생각하면 피가 거꾸로 솟는 거 같아. 왜 멀미하는 것처럼 가슴이 울렁거릴까?"

"딸을 봐. 얼마나 예뻐. 이렇게 행복한 가정이 있는데 그딴 생각을 왜 하는데. 잊어버리자."

현관문을 열고 복자 남편이 들어왔다.

"안녕하세요. 잘 지냈지요?"

"이렇게 이른 시간에 어쩐 일이세요? 당신 무슨 일 있어서 누님 부른 거야?"

"아니에요. 갑자기 아이가 보고 싶어서요."

"그럼, 다행이고요. 눈만 뜨면 누님을 생각하니까요. 이

참에 바쁘지 않으면 며칠 있다가 가세요. 주말이라서 면회 신청한 보호자가 많아. 당신이 간단하게 다과라도 준비해 주면 좋겠어."

"제가 도와드릴게요."

복자 남편은 요양원으로 내려갔다. 두 시가 넘어서야 두식이가 아내와 함께 도착했다. 두식이도 세월을 먹었는지 올챙이배처럼 배가 볼록하고 머리카락이 반백이었다. 두식이는 면회실 탁자 앞 의자에 앉아 직원을 불렀다. '나쁜 놈, 독한 놈. 복자를 그토록 학대하던 놈이 결혼해서 여자와 면회를 왔다고?' 그 여자는 어떤 여자일까 매우 궁금했다.

"어머니 면회는 언제 되나요?"

"조금만 기다리세요."

선숙이는 탁자 위에 주스와 쿠키를 놓았다. 요양사가 두식 어머니 침대를 밀고 엘리베이터에서 나왔다. 두식은 눈을 감고 있는 어머니를 물끄러미 쳐다보았다. 한참 동안 손을 만지작거리던 두식의 눈가에 굵은 빗방울이 맺혀 떨어졌다. 두식은 어머니가 눈물을 흘리며 애원했던 말이 스쳤다.

'두식아, 복자를 천대하면 부모에게 효도하는 것이 아니다. 그 착한 복자 마음 아프게 하지 마라.'

"여보, 어머니 좀 부탁할게."

"걱정하지 말고 일 봐요."

아내는 차분했다. 그녀는 눈만 끔벅거리는 시어머니 어깨를 주물렀다. 선숙은 그녀와 2층 방으로 시어머니를 옮겼다. 어르신들만 있는 곳인데도 청결했다. 그녀가 시어머니를 두고 나오는데 부엌 쪽에서 복자가 먼 산 보듯 그녀를 바라보고 있었다. 선숙은 그녀에게 물었다.

"좀 이르기는 하지만 저하고 저녁 식사하실래요?"

"그럼 저야 고맙지요."

선숙은 그녀와 요양원 근처에서 칼국수를 먹고 찻집으로 갔다.

"저는 요양원 원장과 자매처럼 지내는 친구입니다. 아까 남편분과 사이가 워낙 좋아 보이던데 러브스토리라도 들려줄 수 있으세요?"

"제가 행복해 보이시나요? 저는 남편 회사 근처에서 전통찻집을 했어요. 남편은 찻집에 자주 드나들었지요. 남편 얼굴은 언제나 잿빛 구름을 타고 왔지요. 그리고 늦은 시간까지 머물러서 제가 이야기 상대가 되었지요. 그날은 비가 쭈룩쭈룩 그칠 줄 모르고 퍼부었어요. 번쩍번쩍 하늘을 갈라놓을 것같이 번개도 쳤어요. 가게 문을 닫아야 하는데 남편은 맥주 한 잔만 달라고 했어요. 측은해 보이는 남편을 빗길에 내보낼 수가 없었어요. 날씨 탓이었는지 저도 마음이 허전해서 남편이 따라준 맥주를 홀짝홀짝 마셨지요. 그 맥주가 저에게는 독약이었어요. 잔잔하게 피어오른 취기 때문에 숫처녀로 간직한 고귀한 보물이 한순간에 호랑이 먹이가 되고 말았어요. 그날 남편은 한풀이라도 하듯 무섭게 몰아쳤어요. 제가 잠에서 깨보니 남편은 가고 없었어요. 저는 그때 단 한 번의 실수가 내 인생을 뒤집어 버릴 줄 몰랐어요."

"치킨에 맥주 어때요?"

"좋아요. 저도 그 생각 했는데 초면이라 망설이고 있었어요."

선숙은 찻값을 계산하고 옆집 생맥주 가게로 자리를 옮겨 맥주와 안주를 시켰다. 그녀는 맥주 한잔을 단숨에 목으로 넘겼다.

"저는 생모가 누군지도 모른 채 보육원에서 자랐어요. 아르바이트하면서 간신히 고등학교 졸업하고 백화점 여성복 판매원으로 일했어요. 저는 10년이 넘게 일하면서 백화점 언니들이 똑순이라고 할 정도로 야무지게 저축했어요. 저는 찻집을 하고 싶었거든요. 그래서 그동안 모은 돈과 대출을 받아서 전통찻집을 개업했지요. 그 지역은 벤처사무실이 많은 빌딩 숲이었지요. 처녀가 하는 전통찻집이라고 삽시간에 소문이 퍼져서 빈자리가 없었어요. 저는 저를 돌봐주신 수녀처럼 부모가 버린 아이들의 보모가 되고 싶었어요. 그런데 그날 밤 실수로 꿈이 산산조각이 되었지요. 저는 아이를 지울 수 없었어요. 저는 남편이 미혼인 줄 알았어요. 그런데 남편은 10시만 되면 집으로 갔어요. 남편은 산달이 되어서야 본처가 있다고 하더라고요. 그때 그 심정을 어떻게 펼쳐 보일 수 있을까요."

'나쁜 자식. 그래도 기본 양심은 있었네.'

선숙은 복자 이혼한 날이 스쳤다.

"아이를 출산하고서야 엄마의 자리를 알 것 같았어요. 친정엄마가 산후조리 해주는 엄마들이 무척 부러웠어요. 남편이 조금만 기다려 달라고 한 것이 계절이 일곱 번이 바뀌고 아들이 초등학교 입학한 해에 처와 모든 게 정리되었다고 했어요. 저는 아직 결혼식을 올리지 못하고, 혼인신고만 하고 삽니다. 남편 말에 의하면 시골에 땅을 많이 보유하고 있다고 하는데 제 눈으로 보지 않아서 관심 없어요."

밤이 깊어갔다. 그녀는 기분 좋을 만큼 취기가 올랐다. 선숙은 요양원 가까이에 그녀의 숙소를 잡아 주고 요양원으로 갔다. 복자는 자지 않고 기다리고 있었다.

"복자야, 두식이 처 얘기해 줄까?"

"아니야. 행복하게 살았으면 하는 마음이야. 피곤하지? 자고 내일 보자."

복자는 문을 닫고 나갔다.

작품해설

가족으로 인한 상처는 누구에게 위로받을 것인가

이승하(문학평론가, 중앙대 교수)

작품해설

가족으로 인한 상처는 누구에게 위로받을 것인가

이승하(문학평론가, 중앙대 교수)

지금 대한민국 사회가 맞닥뜨리고 있는 가장 큰 문제가 무엇일까? 빈부의 격차? 청년 실업? 정치의 난맥상? AI와 챗GPT로 대표되는 첨단 기계문명이 초래한 교육과 예술의 위기? 고령화 사회가 초래한 여러 가지 정체(停滯) 현상? 분단의 고착? 지방의 소멸? 집값? 나로서는 가정의 붕괴 내지는 가족의 해체가 그 무엇보다 심각한 문제라고 생각한다. 바로 이 문제를 집중적으로 탐구하는 소설가가 있으니, 2019년에 등단한 신예 소설가 이영숙 씨다. 한국소설가협회에서 내는 월간지 《한국소설》의 월평 난을 맡아서 몇 년째 글을 올리고 있는데 2025년 4월호에 실린 「알람소리」를 읽고 평을 쓴 인연이 이어져 두 번째 소설집의 해설까지 쓰게 되었다. 그 소설에 대해 이렇게 썼었다.

이영숙의 「알람 소리」는 건널 수 없는 강의 이쪽과 저쪽에 서게 된 부모와 자식 간의 이야기다. 초등학교 교사 출신인 윤희는 결혼하면서 교사를 그만두고 결혼 생활에 전념키로 하는데 타지에 가서 사업하는 남편과는 자연히 사이가 멀어지고 만다. 남편은 이기적이고 비가정적이라 생활비도 잘 안 보내준다. 윤희는 하는 수 없이 술집을 열고, 아들과 딸과 시간을 보내지 못해 안타까워한다. 아들은 초등학생 때부터 축구선수로 뛰어 윤희는 경기장에 가 응원하면서 뒷바라지에 전념한다. 그 와중에 딸은 완전히 뒷전이 되고 만다. 폭풍우가 부는 날 딸은 엄마에게 전화해 무섭다고 빨리 와달라고 하는데 윤희는 당장 달려가지 않고 손님이 다 나가는 늦은 시각까지 가게를 떠나지 않는다. 딸은 그날, 엄마와 심리적으로 절연한다. 그런데 이런 집이 소설 속 윤희네 집뿐일까?

“고등학교 다닐 때, 야자 끝나면 다들 엄마 아빠가 마중 나와 있었지. 나는 3년 동안 단 한 번도 정문 앞에서 부모님을 본 적이 없었어. 심지어 졸업식에 꽃다발 들고 찾아오는 아빠도 나에겐 없었어. 그때 난 열아홉이었어. 가족의 무심함에 아빠의 무관심에 큰 상처를 받았고, 그때부터 마음을 닫아버렸어. 정말 가족이 너무 싫었어.”

이런 말을 부모 앞에서 했다는 것은 묵은 앙금이 씻겨 내려갈 기회를 얻었다는 것인데 운명이란 것이 참 모질다. 해피엔딩이면 안 되는 것이다. 축구선수를 포기하고 공부를 해 중소기업에 취직한 아들의 결혼식장을 나오면서 딸이 윤희에게 이렇게 말한다.

“엄마, 신혼여행 다녀와서 종합검진을 받았는데 위암 3기 판정을 받았어. 수술받고, 항암 치료할 때 엄마 생각이 많이 났지만 차마 미안해서 말 못 했어. 엄마한테 독하게 굴어서 아픈 거 같았거든. 엄마, 이제라도 여행 다니면서 즐겁게 살자. 엄마도 벌써 환갑을 바라보고 있잖아.”

소설이 이렇게 끝나면 완전한 비극이 아니다. 작가는 윤희의 남편을 끝부분에 중요한 인물로 배치하여 남편과 형수의 기막힌 관계를 알려주면서 인물들을 다시금 비극의 구렁텅이로 몰아넣는다. 여기에 대한 이야기는 독자에게 이 소설을 읽어보라는 당부를 하면서 하지 않기로 한다. 아아, 운명의 여신의 짓궂음이라니!

월평은 여기까지였다. 남편의 형은 결혼한 지 1년이 못 되어 건설 현장 3층 건물에서 추락해 의식불명 상태로 두 달 병원에 있다 죽고, 남편은 그 건설회사의 사장인 형수와 이른바 '불륜'과 '동업' 관계를 맺게 된다. 남편은 윤희와 자기 형수 사이를 오가며 눈칫밥을 먹었던 것이고, 회사가 부도나자 형수는 자기 몫을 챙겨 딸을 데리고 베트남에 있는 동생 곁으로 가버린다. 겉으로 보기에는 평범한 가정이지만 속을 들여다보면 주부로서 최선을 다했던 윤희는 상처투성이가 되어, 용서가 안 되는 남편을 두고 무작정 집을 나서는 것으로 소설이 끝난다.

이번에 묶는 8편의 소설은 공통점이 있다. 모두 가족 서사인데 대개 기이한 인연으로 가족 공동체가 된다. 이렇게 형성된 공동체의 우리[柵]는 별로 튼튼하지 않다. 사상누각이 아니면 풍전등화다. 그리고 불행한 여성과 무책임한 남성이라는 구도는 페미니즘적 시각에 의한 것이라고 볼 수 있겠지만 작가가 페미니스트는 아닌 것 같다.

작가는 가정의 붕괴나 가족해체의 양상만 보여주는 것이 아니라 봉합과 재건을 위해 필사적인 노력을 한다. 이것을 가리켜 주제의식이라고 해야 할지 작가정신이라고 해야 할지 모르겠다. 가족으로 인한 상처를 누구에게 위로받을 것인가를 두고 골똘히 생각하며 편편의 소설을 썼다고 여겨진다.

「갯벌 바다」에서도 해라라는 여성의 불행한 인생유전이

펼쳐진다. 본인이 초등학교 3학년 때 부모가 교통사고로 죽어 고아가 된다. 아들이 초등학교 2학년 때 남편이 현장 사고로 목숨을 잃는다. 해라는 5학년 때 바다에 빠져 죽을 뻔한 사건을 겪었는데 그때 목숨을 구해준 아저씨를 생명의 은인이라고 생각하지만 어느 집의 누군지는 모르고 살아간다.

고향을 떠난 지 30년 만에 전남 고흥 쪽에 있는 고향 근처에 가서 민박을 하는데 그 집에는 아주머니와 네 살짜리 손녀 재미가 살고 있다. 아주머니의 남편도 하나뿐인 아들도 고기를 잡으러 갔다가 풍랑으로 목숨을 잃었고 며느리는 재미를 두고 사라진다. 해라는 재미를 거둬 키우고 싶어 한다.

해라는 고2 때와 고등학교 졸업 후 서울에서 생활할 때 작은아버지의 성추행으로 큰 충격을 받는다. 아들의 결혼식 때 해라의 작은아버지가 나타나 자기 형, 즉 해라 아버지의 재산을 갈취하고 조카의 심신을 괴롭혔던 것을 사과하면서 "고향의 논 한 마지기는 조카 앞으로 등기해 놓았다. 통장에 있는 돈으로 아파트 한 채 사서 살아라. 작은아버지 용서해 달라고 하지 않겠다."고 쓴 편지와 함께 통장과 도장을 준다.

이 소설은 한 인간의 생애가 불행으로만 점철되지 않음을 보여준다. 중국 전한시대에 간행된 책자 『회남자』에 나오는 유명한 고사 '새옹지마'가 그렇듯 인간의 역사에 있어서는 불행이 행복으로 전환되기도 한다. 소설은 마지막에 이르러 해라의 생명의 은인이 밝혀지면서 소설은 더욱 행복한 결말을 보여준다.

"어머니, 말씀하신 갯벌 바다가 여기였어요? 이 마을이 아빠 고향이에요. 이런 우연이 있다니 놀라워요."

"정말? 사돈이 동향 사람이라고?"

"아빠도 고모도 이 마을에서 학교 다녔다고 했어요. 저 끝에 보이는 빨간 기와집이 할아버지가 살던 집이에요. 1년에 한두 번 할아버지 산소 올 때 머무는 곳이에요."

해라는 사돈 고모가 동창일 수도 있다는 생각에 전화를 걸었다. 초등학교 5학년 때, 같은 반이었던 고모와 이야기하다가 해라는 고성을 지르고 말았다. 하염없이 눈물이 쏟아졌다. 가슴이 벌렁벌렁 뛰었다. 며느리 할아버지가 갯벌 바다에서 해라를 구해준 아저씨였다.

'세상에 이런 인연이! 이런 인연이 있다니!'

해라는 끝없이 펼쳐지는 바다, 출렁거리는 파도, 붉게 물든 저녁노을을 멍하니 바라본다.

어찌 보면 모든 인간의 탄생은 인연으로 말미암은 것이다. 누구를 부모로 하여 언제 태어나는지, 어디서 자라는

지, 누구를 만나는지, 인연이란 이어지고 이어진다는 불교의 인연설에 입각해서 쓴 소설이 대부분이다. 인연 중에는 우연도 있고 필연도 있고, 선연도 있고 악연도 있다. 「원두막」도 인연설 혹은 인연론인데 선연에 대한 탐색이다.

은서는 고등학교를 졸업한 이듬해에 아버지의 강권으로 서울에서 사업하는 중년 남자를 소개받을 운명에 봉착하자 가출을 꿈꾼다. 마침 아버지의 학대 속에 살아가던 엄마가 죽자 아버지한테 결혼자금을 달라고 하고선 그 돈을 갖고 가출을 결심한다. 가출을 실행하기 전에 자기를 짝사랑하던 기준이를 만나 원두막에서 핑크빛 사랑에 빠진다. 이모가 있다는 수원으로 가서 방을 구해 지내는데 임신 사실을 알게 된다. 아버지, 이모, 기준 등에게 알리지 않고 딸 하늘을 낳았으니 은서는 이른바 미혼모가 된다. 미용기술을 배워 미용실을 차려 딸을 키우는데 동창생 동숙을 통해 기준이가 결혼하지 않고 독신으로 살아가고 있다는 사실을 알아낸다.

세월이 한참 흘러 하늘은 석사모를 쓰고 간호사가 된다. 중년이 된 미혼모 은서와 노총각 기준이 만나 재결합하는 이야기는 끊긴 가족 인연이 이렇게 이어질 수도 있음을 보여주는 한 사례이다. 하늘은 엄마에게 '출생의 비밀' 얘기를 들었는지 아저씨라고 부르다가 소설의 제일 마지막 장면에 이르러 “아빠, 불러보고 싶었어요. 아빠!” 하고 외친다.

언론에서 자주 대하는 용어가 ‘아동학대’와 ‘존속살해’이다. 2023년 한 해에 경찰에 신고되고 판명이 된 아동학대 건수는 2만 5,739건이다. 부모 중 한 명이나 부모를 다 살해하는 존속살해는 매년 평균 50건이고 아동학대 사망자의 수도 매년 50명 안팎이다. 이런 세태에 절망한 이영숙 작가는 그와 반대되는 경우도 종종 있음을 말하고 싶었던 것이 아닐까.

「기막힌 선택」의 화자 경옥이 자기를 미혼모로 낳은 엄마 이야기를 펼쳐가는 과정이 앞의 소설과 비슷하다. 그런데 엄마의 사촌오빠의 친구인 강동식은 꽃을 보면 날아가서 접붙이기를 시도하는 고약한 바람둥이였다. 이번에는 엄마의 일터가 미용실이 아니라 초등학교 부근의 분식집이었다.

하지만 경옥의 엄마는 유방암에 걸려 수술을 받는다. 수술과 투병의 나날을 보내는 과정에서 경옥은 비슷한 처지에 놓인 안석호라는 사내를 알게 되고, 서로 위로하며 대화의 시간을 갖는다.

석호는 고등학생인 여동생이 학교 보수공사장에서 떨어

진 자재를 맞아 죽고, 어머니는 1년 뒤에 교통사고로 사망한다. 아버지는 실어증에 걸려 말문을 완전히 닫고 할머니도 돌아가신다. 석호는 결혼했지만, 본인의 상황을 인지하고 아내의 꿈을 위해 이혼을 선택한다. 경옥은 병원 내에서 어머니를 휠체어에 태우고 다니고 석호는 아버지를 휠체어에 태우고 다녔으니 동병상련의 처지가 되어 서로 위로하며 지내게 된다. 경옥의 어머니가 죽고 석호의 아버지도 세상을 뜨자 석호는 친구가 경영하는 무역 회사에 들어가고 이윽고 석호와 경옥은 뒤늦게 중년의 사랑을 불태운다. 현대의학은 두 사람에게 시험관 아기를 쌍둥이로 선물한다. 부부가 '기막힌 선택'이라는 카페를 여는 것으로 소설은 끝난다. 상처받은 두 사람이 서로에게 휠체어의 역할을 해줌으로써 제2의 인생을 살아간다는 줄거리인데 가족으로 말미암은 큰 상처가 가족이 됨으로써 치유될 수 있는 사례를 보여주는 소설이다.

「왜」는 청춘 남녀가 결혼에 이르는 과정에서 신부가 되어야 할 집의 어머니가 신랑이 되어야 할 집 어머니의 살갑지 않은 태도와 표정을 문제삼아 파혼을 명하는 특이한 경우를 다룬 소설이다. 지금 시대에 이런 일이 있을 수 있나 의구심을 가질 수 있겠지만 결혼 당사자 두 사람의 갈등이 문제가 되는 것이 아니라 양쪽 집안의 불화가 원인이 되는 경우가 꽤 있다. 우리 사회가 아직도 전근대적인 가족제도에 얽매여 내 자식은 내가 하는 명을 따라야 한다는 고루한 사고방식을 갖고 있는 사람들이 있고, 작가는 그런 말도 안 되는 관행을 깨고 싶어 이 소설을 썼을 것이다. 반면 신랑 될 이의 어머니인 성희가 여행지에서 만난 노부부는 해로(偕老)의 아름다움을 보여주는 사례가 된다. 어차피 부부는 교통사고로 한날한시에 같이 죽지 않으면 사별하는 관계다. 죽음 여행이라고 할까, 부부가 마지막으로 함께 하는 시간에 성희는 불청객이었지만 아름다운 결별의 시간을 지켜본 증인이 된다. 이런 사랑, 이런 해로, 이런 사별이라면 소설집의 해설자라도 해보고 싶다.

「뱀」은 해체된 가족을 봉합하려다 허망하게 좌절하는 케이스를 보여준다. 3학년 때까지 반장을 했던 여자아이 동희가 4학년 때 채성이라는 남자아이의 도전으로 반장선거에서 지고 묘한 라이벌이 되지만 채성이 몸이 허약한 할머니를 위해 징그러운 뱀을 잡는 광경을 보고 동희는 채성을 내심 좋아하게 된다. 동희의 어머니는 가난한 채성이를 위해 중, 고등학교를 다닐 수 있도록 경제적인 지원까지 한다. 고등학교 졸업 기념으로 동희는 채성에게 부산 여행을 제안하고, 동희의 유혹으로 둘은 불장난을 하고 만다. 고향에 돌아와서도 정자(亭子)에 가서 황홀한 시간을 갖는다. 동희는 서울의 대학에 가고 채성은 전문대학에 가는데 동희는 채성을 찾아가 임신 사실을 넌지시 알린다.

“혹시 정말 혹시나 말인데 내가 임신을 했다면 너는 어쩔 거야?”

“왜 그런 말을 해? 너하고 결혼은 아니잖아. 어머니는 너희 엄마와 자매처럼 살고 있어. 우리 남매 고등교육까지 책임져 주시고, 병고로 고생하신 할머니를 친정어머니처럼 보살펴 주셨어. 어머니는 꼭 성공해서 그 은혜 갚으라고 귀가 닳도록 말했어. 그때 부산이나 마을 정자에서 있었던 일은 갑자기 벌어진 돌발 행동이었잖아.”

“정말 그렇게 생각해? 그 산길에서 뱀을 잡은 네가 왜 그렇게 대단해 보였을까? 왜 그렇게 멋졌을까. 너같이 책임감 없는 놈을. 알겠다. 알겠어. 그런데 왜 이렇게 기분이 더럽냐.”

동희는 의자에서 벌떡 일어나 빠른 걸음으로 학교를 나왔다. 채성이는 뒤따라오지 않았다. 동희는 돌발이라는 단어에 자존심이 너무 상했다. 구차하게 매달리고 싶지도 않았다. 다시는 찾지 않겠다고 다부지게 마음먹었지만, 한편으로는 겁도 났다. 아이를 유산 시키는 것은 더 무서웠다.

대학교 1학년생 동희는 제왕절개수술로 아기를 낳아 키

우면서 자신의 출생의 비밀을 알게 된다. 엄마가 친모가 아니란 것을. 자기 아빠는 딸 쌍둥이 중 하나를 임신할 수 없는 엄마에게 주고 이혼하고 떠나갔다는 것을. “내가 3대 장손만 아니었다면, 당신처럼 천성이 고운 여인을 떠나야 할 이유가 없는데. 대를 이어야 한다는 어머니의 굳은 의지 때문에 어쩔 수가 없었소. 정말 미안해요. 당신의 삶에 이 아이가 힘이 되기를 간절히 바라오.”라는 말을 남기고 떠나간 것이었다.

가난한 채성의 자격지심은 “지금도 엄마는 너희 집 가정부로 있고” 운운하는 편지를 쓰게 하고 결혼을 하지 않는다. 훗날 목수가 되는 채성과 변리사 시험에 합격하는 동희가 두 사람의 아이인 소민이를 위해 때늦은 결혼을 하려는 찰나 운명은 이들의 흩어졌던 가족의 결합을 방해한다. 채성은 결혼을 보름 앞두고 뱀을 잡으러 간 것인지 뱀들이 있는 큰 바위 있는 곳에서 독사에 물려 죽고 만다. 동희 어머니는 마을회관을 어르신들에게 주고 기와집은 평생 자매처럼 지낸 채성의 어머니에게 준 뒤에 숨을 거둔다. 이 소설은 가족의 해체는 아주 쉽지만 결합이나 유지가 대단히 어렵다는 사례를 보여준다.

「어떤 것이 행복의 문인지」는 전창호라는 사내의 아주 리얼한 사기 수법을 보여주는데 반전이 계속됨으로써 최고의 작품이 되게 하였다. 혜자는 사랑하는 남편과 딸이 있는 중상류층 여성이다. 남편의 전처소생인 의붓딸이 다니는 고등학교의 반장 엄마가 헬스를 하지 않겠냐고 하여 헬스장에 다니게 되는데 남자 트레이너가 혜자에게 유난히 친절하게 지도해 준다. 그는 헬스장에 나오는 전창호라는 신사를 소개해 주는데 창호는 여성을 유혹하는 데 거의 천재적인 재능을 지닌 카사노바 같은 인물이었다. 반장 엄마는 한 달만 다니고 헬스장에 안 나오는 것으로 보아 트레이너와 창호 3인이 사기꾼 한 조였음을 뒤늦게 알게 된다.

창호는 육탄공세로 혜자를 완전히 녹여버린다. 그리고는 혜자로 하여금 카페 신축공사를 하도록 유도하면서 자신의 돈은 한 푼도 안 들이고 혜자가 가진 모든 재산을 카페 공사에 투자하게 한다. 창호는 혜자의 지인 30여 명을 투자자로 끌어들이는 놀라운 사기 수완을 발휘한다. 혜자는 그래도 지인인 투자자들의 돈을 훗날 갚아서 구속되지는 않는다.

혜자의 불륜은 딸까지 알게 되고 혜자는 나이 차가 많이 나는 남편과 이혼을 한다. 혜자가 낳은 딸도 있었다. 아이들이 소리치며 엄마를 붙잡고 울었지만 창호에 홀린 혜자의 이혼 결심을 꺾을 수는 없었다.

결국 완전히 알거지가 된 혜자는 보증금 없는 달방(월

셋방)에서 화병이 나 미칠 지경이 된다. 간신히 정신을 차려 요양사 자격을 따고 요양원에 들어가 봉사활동을 하면서 생을 여기서 마감할 생각을 한다. 마침 정화 요양원을 찾아가니 정화는 여고 동창이었다. 요양원에서 헌신적으로 일하면서 과거의 상처를 잊을 결심을 하는데 카페 신축 공사를 할 때 자재를 납품하던 홍기섭이란 사내한테서 전화가 온다. 창호가 있는 곳을 알아냈다는. 두 사람은 한참만에 재회하는데 창호는 그제야 진실인지 또 다른 사기인지 다음과 같이 지난 일들을 설토한다.

"(상략) 그때는 건축 경기가 좋아서 사업이 나날이 번창했어. 친구들은 사업가로 성공했다고 질투 좀 했었지. 한창 잘 나갈 때 나는 유치원 교사와 결혼했어. 그런데 운명의 장난이었을까. 신혼의 행복도 느끼지 못하고 위기가 왔어. 분당에 15층 건물 두 동을 짓고 있는데 갑자기 IMF가 왔지. 어음이 줄줄이 이어지는데 막을 재간이 없었어. 내가 가진 모든 것을 처분하고, 부모가 사는 주택이며 보험까지 해약해서 수습해도 빚더미에 올라앉고 말았어. 나는 아내에게 너무 미안해서 헤어지자고 했어."

창호는 그때를 회상하는지 찻잔을 내려다보았다. 창호가 하는 말이 진실로 들리지 않았지만, 혜자는 끝까지 들어보기로 했다.

"그 선배가 당신이 돈을 쏟아부었던 카페 땅 주인이야. 부동산 사장이기도 해. 헬스장을 소개해 준 반장 엄마가 고향 동창이라고 하더라. 당신 곁에서 껌딱지처럼 붙어 다니던 트레이너가 그 선배 아들이야."

"설마설마했는데, 정말 사기꾼들이었네. 아, 세상에 이런 일도 있구나."

혜자는 더 이상 목소리가 나오지 않았다. 창호의 동공을 찔러 아무 빛을 볼 수 없게 해버리고 싶었다.

"당신한테 사기 칠 생각은 없었어. 선배가 그 땅에 건물을 지어서 팔면, 그 이익금으로 빚도 청산하고 사업을 다시 시작할 수 있다고 했어. 당신이 투자한 액수보다 훨씬 더 줄 수 있다고 했었는데, 건축비가 생각보다 많이 들었어. 당신 계약금 먼저 주고 그 카페 팔아서 많은 돈을 손에 쥐지도 못했어. 자재를 판매하던 홍기섭도 선배 후배라고 하더라. 당신이 홍기섭 사무실에서 허드렛일하면서 나를 찾았다는 소식은 들었지만 바로 연락할 수 없었어. 거주할 곳이 없었거든. 이제야 빚 청산하고 당신과 거주할 공간을 마련해서 홍기섭에게 부탁했어."

혜자는 창호의 변명을 들으며 긴가민가 하는데 독자도 창호의 말 중 몇 %가 진실인지 헷갈린다. 소설의 80%가 창호의 사기 행각에 혜자가 놀아나는 내용인지라 이 말의 진실 여부는 오리무중이 된다. 그런데 창호는 "행복하게 해줄게. 다시 돌아와. 길 것만 같았던 세월이 어느새 60을 훌쩍 넘어가고 있어. 당신 가슴 아프게 한 죄, 사랑으로 보답할게. 나는 부모도 자식도 없고, 당신 또한 나로 인해서 딸들과 생이별하고 살고 있잖아. 당신 마음 정리되면 연락해. 데리러 갈게. 당신을 안고 싶다."는 편지를 남겨두어 혜자도 헷갈리게 하고 독자도 헷갈리게 한다. 이 소설의 마지막 장면은 다음과 같은데 독자 여러분은 창호가 왜 정화 요양원에 나타난 것 같은가? 아아, 해설자는 창호의 '행복하게 해줄게' 운운을 믿고 싶다.

정화 요양원은 매년 5월 어버이날 행사를 한다. 산야가 한눈에 들어오는 요양원 2층 야외 공간에서 자식들이 부모에게 편지를 낭독하고 푸짐한 음식을 어르신들에게 대접하는 날이다.

"정화 요양원은 어르신들을 위해서 아낌없는 사랑을 드립니다. 오늘은 어르신들 날입니다. 맛있는 음식 드시고 자식들과 행복한 시간 보내세요. 감사합니다."

수수한 옷차림을 한 정화원장이 머리 숙여 인사를 했다. 혜자는 행사가 끝나자 어르신을 모시고 엘리베이터 앞으로 가는데 사무실 앞에서 창호가 손을 번쩍 들었다.

1, 2천만 원도 아니고 수억을 꿀꺽 삼켰고, 평화롭던 한 가정을 해체시켜 버렸고, 한 여성을 완전히 전락시킨 창호가 과연 개과천선했을까? 여기에 대한 판단을 독자에게 맡긴 작가의 수법이 노련하여 감탄하지 않을 수 없다. 분명한 것은 전창호의 육탄공세에 평범한 가정주부인 혜자가 완전히 무너지고 놀아났다는 것이다. 가정 지키기, 가족 유지하기가 그만큼 어렵다는 것을 작가는 이 소설을 통해 들려주고 있다.

「복자」는 복자와 선숙이라는 두 골목 친구의 기구한 인생유전을 보여주면서 '가족'의 의미를 다시금 독자들의 뇌리에 새겨주는 소설이다. 복자의 아버지는 토호(土豪)라고 할 수 있을 것이다. 땅이 많을 뿐 아니라 집에 머슴을 두고 있었으니 양반 가문이었다. 결혼한 지 10여 년 만에 딸을 하나 낳았는데 복스럽게 생겼다고 이름을 복자라고 지었다. 문제는 복자가 키도 작고 목도 짧고 박색이라는 것이었다. 시집갈 나이가 되었기에 신랑감을 사방에 알아보지만 재산을 보고 복자에게 시집오겠다는 남자가 없었다. 시골이라 각자 집안 사정을 너무 잘 알기에 복자와의 결혼은 그 자체가 굴욕이라고 생각했기 때문일 것이다. 복자 아버지는 성실하게 일해온 머슴을 불러 자네 아들이 나이가 찼으니 우리 딸과 혼인하는 것이 어떠냐고 제안한다.

머슴의 아들 두식은 오직 아버지를 위해 어릴 때 놀림감에 지나지 않았던 복자와 혼례식을 올린다. 두식은 장인에게 청을 한다. 여기서 살다간 놀림감이 될 게 뻔했으므로 타지에 나가 살겠다고. 두식의 아버지는 졸지에 논과 밭을 얻게 되었으니 지주로 신분 상승을 했다. 복자 부부는 소도시에서 살아가게 되는데 두식에게는 이 결혼 생활이 지옥이었다. 애정 없이 한 결혼이라 첫날밤도 갖지 않고 아내를 학대한다. 결국 두 사람은 몸과 마음이 피폐해진 상태가 되어 이혼한다.

선숙은 딸이 초등학교 5학년 때 여수로 가족여행을 갔다가 화물차가 중앙선을 넘어와 들이받아 남편과 딸을 한꺼번에 잃는다.

복자는 요양원을 열어 잘 경영한다. 복자는 장애가 있는 장민철을 만나 결혼도 하고 딸도 낳고 행복을 되찾는다. 그런데 이 요양원에 두식의 어머니가 입원하고, 재혼한 두식이 아내와 함께 면회를 오는 극적인 상황이 전개된다. 이들 부부를 선숙이 안내하고, 선숙이 두식의 아내와 대화의 시간을 갖게 된다. 두식은 재혼하는 과정에서 이른바 데이트 폭력으로 아내를 제압했으니 천벌을 받아야 할 사람이다. 이 정도 지점에서 소설이 끝나는데 이 이야기 역시 가족의 의미를 되새기게 해준다.

불교의 어느 경전에 나오는 구절인지는 알 수 없지만 '전생의 철천지원수가 이승에서는 가족으로 만난다'는 말이 있다. 그래서 가족 간에 불화가 잦고 심지어는 살상도 이뤄진다는 것인데 어불성설인 것도 같고 그럴듯한 말인 것도 같다. 우리는 장장 5천 년이나 농경사회였는데 1960년대부터 공업국가 혹은 산업사회로 바뀌었고 대가족제도가 핵가족제도로 바뀌었다. 초가지붕이 슬레이트 지붕으로 바뀐 것은 새마을운동 덕분이었는데 지금은 인구의 절반 이상이 아파트에서 살아가고 있다. 아파트 문화는 '이웃'을 모르고 살아가게 하였고 가족 상호 간에도 대화의 단절을 가져왔다. 여기에 컴퓨터와 노트북, 스마트폰은 부모와 자식 사이, 형제지간에도 대화의 단절, 관계의 단절을 가져왔다. 바로 이런 시대에 이영숙 작가는 한 편 한 편의 소설에서 가족과 가정의 진정한 의미를 캐내고 있다. 소설집 『기막힌 선택』의 가치는 바로 여기에 있다고 본다.

이영숙 소설집

기막힌 선택

초판 발행일 2025년 12월 15일

지은이 이영숙

펴낸이 양상구
웹디자인 김초롱
펴낸곳 도서출판 채운재

주소 우) 01314 서울시 도봉구 시루봉로 15라길 38-39 301호
전화 02-704-3301
팩스 02-2268-3910
H · P 010-5466-3911
E-mai ysg8527@naver.com

정가 15,000원
ISBN 979-11-92109-42-8(03810)